바로크와 '나'의 탄생

햄릿과 친구들

위대한
순 간
0 0 1

바로크와 '나'의 탄생

햄릿과 친구들

윤혜준 지음

문학동네

'위대한 순간' 총서를 펴내며

'위대한 순간'은 문학동네와 연세대학교 인문학연구원이 함께 펴내는 새로운 인문교양 총서이다. 이 총서는 문학, 역사, 철학 분야에서 중요한 이정표가 되는 인물이나 사건을 현재적 관점에서 새롭게 조명해보자는 취지에서 출발했다. '지금 여기'의 생동하는 삶에 지혜가 되지 못하는 지식은 공허하다. 우리는 한 사회의 개인이나 사건의 특수성이 역사와 맞물려 보편성을 획득하는 의미 있는 정점을 '위대한 순간'이라 명하고, 그것이 과거의 유산에 머물지 않고 지금까지도 지대한 영향을 미치면서 여전히 '위대한 순간'으로 남을 수밖에 없는 이유를 면밀히 추적하고자 한다. 이를 통해 과거의 빛나던 순간들의 의미를 독자들과 함께 음미하고, 다가올 시간을 위대한 순간으로 빚을 수 있는 인문정신의 토양을 일구고자 한다.

오늘날 인문학은 스스로 자신의 존재이유를 입증하지 않는 한 도태와 쇠퇴로부터 자유로울 수 없다. 한국사회에 비판적 '교양'이 설자리를 마련하고 이를 통해 인간다움을 복원시킬 문화적 자양분을 제공하지 않는다면 인문학뿐 아니라 우리의 사회 또한 척박한 내일과 조우하게 될 것이다. '위대한 순간'은 우리 모두가 이러한 위기를 슬기롭게 극복할 수 있도록 '즐거운 학문'의 장을 열고자 한다. 상아탑에 갇힌 학문이 모두를 이롭게 하는 복음이 될 때 '즐거운' 학문이 될 수 있다는 판단하에 전문성과 대중성의 조화로운 통합을 시도했다. 또한 연세대학교 인문학연구원의 풍부한 연구진과 국내 학계의 훌륭한 저자들을 두루 포섭하여 주제를 다양화하고 내용의 폭을 넓혔다.

인문학의 기초를 다지고 싶은 이들, 인문학에 관심은 있으나 입구를 찾지 못한 사람들에게 '위대한 순간'은 좋은 길잡이가 될 것이다. 각기 다른 위대한 순간들을 한 순간씩 맛보다 보면 어느 순간 인문학을 아는 것에서 한 걸음 더 나아가 인문학을 실천하는 자신을 발견하게 되리라 믿는다. '위대한 순간'들을 탐사하는 이 지적 여행에 많은 독자들이 함께하기를.

연세대학교 인문학연구원

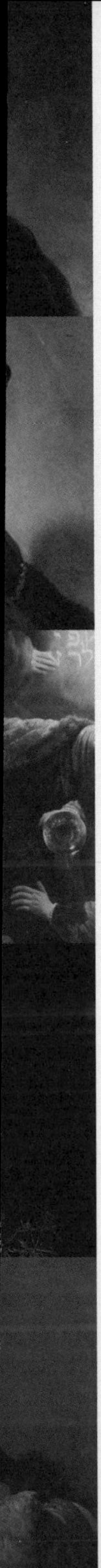

차례

프롤로그 | 뜻, 말, 벗 · 9

1막 | 유령

1장. 고개 돌린 그 순간: 몬테베르디의 〈오르페오〉 · 33

2장. 의심의 확신: 데카르트의 『성찰』 · 46

2막 | 독백

3장. "나 자신을 드러내려": 몽테뉴의 『수상록』 · 73

4장. 독백의 사유화: 피프스의 비밀일기 · 87

3막 | 개혁

5장. "숨김없이 그대로": 렘브란트의 자화상 · 113

6장. 무릎 꿇은 '나'의 희열: 파스칼 · 128

4막 | 복수

7장. 지옥에서 만든 무기: 17세기 전쟁과 문학 · 157

8장. 통곡하는 베드로: 바흐의 〈마태수난곡〉 · 171

에필로그 | 지금, 여기의 바로크 · 187

바로크 시대 연대표 · 198

주 · 200

프롤로그

뜻, 말, 벗

이 책은 근대적 주체, 곧 '나'의 탄생 시기인 바로크 시대를 배경으로 셰익스피어 비극의 주인공 '햄릿'과 그 '친구' 격인 책과 그림, 음악을 소개한다. 독자는 각 작품 속 특정 '순간'으로 바로 안내될 것이다. 그 '순간'들은 서구 근대의 단면과 실상을 극적으로 드러내 보여준다. 그 '순간'들은 지금, 여기까지도 파장이 미치는 지속적인 순간이기도 하다.

지금 이 순간, 17세기 서양 지성사와 문예사의 '순간'들을 되살린 것은 이 과거로의 여행 속에 현재와 미래에 던지는 올바른 질문들이 담겨 있다고 믿기 때문이다. 대답까지 찾아주는 것은 인문학의 영역을 벗어난다. 그것은 실천과 실행의 영역에서 이득을 챙기는 나머지 모든 분야의 몫이다. 인문학은 물음을 탐구한다. 물음을 시도하는essayer 이 책은 몽테뉴적 의미에서 '에세이

essai'다. '내 전공'인 영문학의 틀을 벗어나 다른 영역들을 넘나든 비교문학적 시도 또한 이러한 '물음'의 실천이다.

물음표는 당장 이 책의 제목 『바로크와 '나'의 탄생—햄릿과 친구들』에 붙을 것이다. 이 제목에 등장한 말들이 친숙해보이기는 하지만, 서로 무슨 관련이 있는가? 작품 속 '순간'들을 소개하기에 앞서 제목을 이루는 이 책의 키워드들을 어떤 뜻에서 쓰고 있는지 소개하기로 한다.

나

'나'. 가장 쉬운 말부터 시작하자. 이 책에서는 가급적 '주체主體'란 말을 피하고 그 자리에 '나'를 사용할 것이다. '주체'가 유행하기 전에는 '자아自我'가 주로 사용되었으나 이 말도 결국 '나 자신'이란 말을 한자어로 표현한 것일 뿐이다. 그러나 인문학 담론이 꼭 어려운 추상적 한자어를 선호해야 할 이유는 없다. '주체'와 '타자' 대신 '나'와 '남'이라고 한다고 말이 안 통하지 않는다. 또한 '주체subject'는 철학의 인식론에는 적합할지 몰라도, 문학과 철학, 음악, 미술, 신학, 역사를 왕래하며 포괄적 의미에서의 '비교문학'을 시도하는 이 책에는 '나'가 더 어울린다. 물론 '나'가 모호하게 들릴 수 있다. 하지만 그 모호성은 포괄성의 다른 면모이기도 하다.

『햄릿』의 독백이나 대사에서 '나'를 지칭하는 단어로 가장 빈도수가 높은 것은 'I'이다. 이 책은 '주체'라는 위압적 문패를 책 제목에 걸어놓는 대신, '나'를 여러 갈래로 변주시킬 것이다.

햄릿

'햄릿'은 굳이 소개할 필요가 없을 만큼 유명하다. 대문호 셰익스피어의 '4대 비극' 중 가장 유명한 작품 『햄릿』의 주인공. 그러나 이 책은 『햄릿』 해설서가 아니다. 햄릿 또한 이 책의 주인공은 아니다. 다만 햄릿은 이 책의 중심축이다. 『햄릿』에 나오는 몇 가지 주제에 따라 내용을 배열했기에, 햄릿은 이 책에 등장하는 다른 주역들을 소개하는 '사회자' 역을 맡는다. 이 책에는 몬테베르디의 오르페오, 바흐의 베드로, 그리고 렘브란트, 데카르트, 몽테뉴, 파스칼, 세르반테스, 밀턴, 피프스 등 작품 속 인물과 창작자, 작가와 화가, 음악가 등을 아우르는 다양한 이름이 출연한다. 이들은 모두 햄릿의 '친구들' 자격으로 등장한다. 이 점에 있어서 햄릿이 중심에 서 있지만, 동시에 이 '친구들'이 중심이기도 하다. 이러한 이중성은 잠시 후 언급할 '바로크'의 핵심적 특징이기도 하다.

친구

'친구', '동무', '벗'은 우리말 용법에서는 일단 '말을 놓는 사이'다. 친구 사이라면 나이가 같거나 비슷해야 한다. 국립국어원 『표준국어대사전』에 의하면 '친구'란 "가깝게 오래 사귄 사람"이란 의미가 첫번째이고, 두번째는 "나이가 비슷하거나 아래인 사람을 낮추거나 친근하게 이르는 말"이다. 가깝게 오래 사귀려면 나이 차이로 인한 위압감이 없어야 하니, 첫번째 정의도

사실상 동년배 가운데 오랜 세월 가깝게 지낸 대상을 지칭한다.

이러한 한국어 용법들을 염두에 두긴 했으나 영어권을 비롯해 서구에서 쓰는 '친구friend'의 의미에 따라 '햄릿과 친구들'이라는 부제를 붙였다. 장유유서가 없는 영어에서 'friend'는 같은 나이 또래의 친한 사이를 의미하기도 하지만 나이가 제법 차이 나는 경우도 해당된다. 우리말로는 '지인', '아는 사람', '동료', '선후배' 등이 때에 따라 모두 'friend'가 될 수 있다. 또한 같은 편 내지는 같은 입장에 서서 돕는 개인 또는 단체도 'friend'일 수 있다.

'햄릿과 (그의) 친구들'은 햄릿과 '같은 편'에 서 있는 인물들을 지칭한다. 어떠한 대결에 있어서 같은 편인지는 해당 장에서 규명하겠으나, 일단은 '집단이나 제도, 전통의 힘에 맞서서 근대적 개인의 중요성 및 존재감을 강조하는' 진영의 같은 편이라고 할 수 있다. 그러나 '햄릿과 (그의) 친구들'은 더 일반적인 의미에서 '비슷하고 친근한 사이'의 동질성도 염두에 둔 표현이다. 햄릿이 보여주는 바와 유사한 증상들을 데카르트나 몽테뉴, 피프스는 보여준다. 햄릿 및 셰익스피어와 나이, 세대, 국가, 언어가 다르긴 하지만, 또 '동무'나 '벗'은 아니더라도 이 '친구'들은 한 시대의 중심적인 대결의 장에서 같은 편에 서 있는, 같은 성향의 'friend'이다.

바로크

사전적 의미에서 '바로크'는 '르네상스 전성기가 지난 후'의 양식이다. 이 책에서도 일단 '바로크'는 '르네상스가 지난 후'로 이해한다. 주요 등장인물 대부분이 16세기 말에서 17세기에 활동했으니 15~16세기 르네상스 전성기 이후 시대를 살았다. 그러나 '르네상스 이후'가 단순한 시간 개념일 수는 없다. '르네상스'는 19세기에 와서야 특정 시대의 이름으로 정착되었다. 쥘 미슐레가 『프랑스사』 제7권에서 요약한 대로, 이 시대의 핵심 특징은 "세계의 발견과 인간의 발견"이다. '신대륙'들을 발견하고 세속적 인간의 재주와 능력, 아름다움, 고귀함을 발견했다는 점에서 그러하다. 르네상스를 보다 구체적인 시대 개념으로 확정한 사람은 이 말을 서구미술사에 적용한 야코프 부르크하르트이다. 그는 '세계'보다는 '인간'을 강조하며 '개인주의'를 르네상스의 '정신'으로 규정했다.[1] 이러한 시각은 이후 논의들에 전수되었다. '개인'을 중시하기는 20세기 말 '신역사주의'도 마찬가지다. 이 유파의 대표 논자인 스티븐 그린블래트는 '나'를 다양한 방식으로 '권력'과 연관짓는 '자아 만들기self-fashioning'로 르네상스를 이해한다. 그의 시각은 '개인'에 대한 입장이 다르긴 해도, 부르크하르트가 깔아놓은 판에서 벗어나지 않는다.[2] 어떤 표현을 쓰고 어떤 점을 강조하건, 르네상스를 논할 때 이 시대를 계몽주의, 자유주의, 기계문명, 과학기술, 세속주의 등으로 이어지는 근대 문명의 시작점으로 이해한다는 점은 공통분모이다.

그런데 이른바 '르네상스 시대'에 포함되는 16세기에 또다른 '발견'이 있었다. '세계'도 '인간'도 아닌 특별한 책, 기독교 경전의 (재)발견이 그것이다. 천 년 넘게 내려온 유럽 중세교회의 관습, 전통, 교리를 '미신'이라며 거부하고, '오직 성서만으로sola scriptura'의 구호를 들고 일어선 마르틴 루터(1483-1546)의 종교개혁에서 성서는 근거이자 무기였다. 루터 또한 '인간'을 발견했지만, 그 인간은 능력 있고 자족적이고 세계의 중심이 되는 존재가 아니었다. 그가 발견한 인간은 약 1100년 전 성 아우구스티누스가 발견한 인간, 즉 원죄로 인해 타락한 존재이며, '오로지 하느님의 은총으로만sola gratia' 구원받을 수 있는 존재였다. 루터보다 한 세대 후에 태어난 장 칼뱅(1509-1564)은 한 단계 더 나아가, 구원은 '창조 전'에 예정된 하느님의 절대주권 사항으로, 인간의 노력이나 미덕과는 전혀 상관없다고 주장했다. 종교개혁이 발견한 인간은 근본적으로 죄로 망가지고 갈라진 '문제아'로서, 그가 구원에 이를지 여부는 전혀 불분명했다.[3]

루터와 칼뱅은 둘 다 교회의 중개 역할을 거부하고 개인이 '오직 믿음만으로sola fide' 구원받는다는 시각에서 인간 개인의 주체적 역할을 강조했다. 그런 점에서 종교개혁은 어느 정도는 르네상스의 '개인주의'와 통한다. 그러나 종교개혁은 근본적인 인간관에 있어서 르네상스가 탐구하고 탐닉한 '인간'과 '개인'의 아름다움, 미덕, 고귀함 따위와는 정반대 입장에 서 있었다. 믿음과 구원이 개인의 몫이자 과제가 되면서 교회의 예배의식과 사제의 중재자적 역할은 폐기되거나 대폭 축소되었다. 그러나 종교개혁이 발견한 개인은 근본적으로 타락한 죄인이었기에 삶과 죽음, 죄와 구원의 문제에 직면한 '나'의 형편은 개혁 이전 중세교회 안에 있을 때보다 행복해졌다고 할 여지는 많지 않았다. 개인이 교회의 관습과 간섭에서 자유로워지기는 했다. 하지만 그 대신 이해할 수 없는 절대자를 믿거나 안 믿는, 구원에 이르거나 못 이르는 중대한 문제를 개인이 책임져야 하는 힘겨운 상황에 봉착했다. 성례식이나 성물, 면죄부, 성인들의 효험이 '나'를 구원할 것인가? 종교개혁을 반대하는 사람들도 종교개혁의 이러한 문제제기를 무시할 수 없었다. 로마 교회도 20여년 동안 이어진 트리엔트공의회(1543-1565)에서 루터와 칼뱅이 제기한 문제에 대한 답변을 찾느라 고심했다. 루터와 칼뱅을 지지했건 반대했건, 집단적 전통과 관습을 '미신'과 '우상'이라며 공격한 종교개혁은 '근대적 개인'의 외로운 홀로서기의 시발점이었다.

우리가 이해하는 '바로크 시대'의 '나'의 원형은 종교개혁이 만들어낸 '홀로 선 나'이다. 그 점에서 종교개혁은 '바로크'의 원천이자 시발점이다. 그렇지만 종교개혁 그 자체가 '바로크'인 것은 아니다. 종교개혁은 신학 논쟁에서 시작해서 이를 지지하거나 반대한 군주들의 정치공학적 차원까지 얽혀 있는 매우 복잡한 역사이므로, 이 책과 관련된 세 가지 핵심만을 지적하자. 첫째, 이미 언급한 대로 종교개혁은 교회의 전통과 권위의 보호를 받지 못하거나 이를 거부한 '개인'을 만들어냈다. 둘째, 종교개혁은 교황에 대한 반항일 뿐 아니라 이탈리아의 종교적·정신적·문화적·예술적 우위에 반발하고 이에 도전하는 문화운동이기도 했다. 로마 시대부터 늘 '야만인' 소리를 들었던 독일인들은 근세 시대 초기에 경제나 군사 차원에서는 아니라 해도 문화적으로는 이탈리아보다 뒤처져 있었다.[4] 로마 교회와 라틴어 예배를 거부하고 독일어로 성서를 번역해 독일어로 예배드리는 종교혁명은 다른 분야에서도 독일어와 독일적 정체성을 고양시키는 계기가 되었다. 셋째, 종교개혁은 '독일제' 테크놀로지의 덕을 톡톡히 보았다. 독일인 구텐베르크의 인쇄술 덕분에 루터의 선동적인 책자들이 독일어권 전역에 급속도로 퍼져나갈 수 있었다.[5] 개혁종교의 신학을 체계적으로 정리한 것은 독일인이 아닌 프랑스인 칼뱅이었고, 칼뱅이 해석하고 규정한 개신교가 프랑스는 물론 네덜란드, 잉글랜드, 스코틀랜드, 폴란드, 헝가리 지역까지(그리고 20세기에는 한반도에까지) 퍼져나갔다. 그러나 종교개혁 및 개혁종교는 16세기 독일 특유의 정신적·정서적 분위기가 그 근간에 깔려 있다. 이 요소들이 '바로크'로 지칭할 수 있는 시대, 사상, 태도, 입장과 깊은 연관성이 있다는 것이 이 책의 주장이다.

보다 구체적으로, '독일적' 분위기는 무엇을 지칭하는가? 그 대답으로 두 유대계 독일인의 분석을 소개한다. 먼저 히틀러 시대에 미국으로 망명해서 활동했던 미술사가 에르빈 파노프스키는 「바로크란 무엇인가?」에서, "이교도적 아름다움과 기독교적 영성" 사이의 긴장이 라파엘로 같은 르네상스 대가들에게서는 조화를 이루고 있으나, 둘 사이 갈등의 소지는 늘 있었기에, 그 갈등이 도지고 균형이 깨진 결과 바로크로 이행했다고 말한다. 바로크는 이교도적 조형문화와 기독교적 내면세계처럼 서로 객관적으로 대립하고 충돌할 수밖에 없는 힘들의 긴장을 "강렬하게 감지하면서" 이를 주관성 속에 "자유의 정서"로 통합한 예술이라고 파노프스키는 분석한다.

파노프스키는 대립의 긴장보다는 이를 극복한 '낙관적' 생명력을 바로크의 핵심으로 규정하려고 한다. 이것은 벨리니의 조각을 비롯한 이탈리아 예술가들에는 잘 들어맞는 분석이다. 파노프스키는 미술사에서 바로크가 엄밀히 따지면 이탈리아에만 적용되는 현상이고, 그 역사적 계기는 반反종교개혁이라고 말한다.[6] 반종교개혁의 원인이 종교개혁이었으니, 바로크의 계기가 종교개혁이라고 하든 반종교개혁이라고 하든, 그 의미는 별 차이가 없다. 또한 벨리니의 조각들은 '바로크'(이 말은 '거칠고 조야한'이라는 뜻의 'barroco'에서 왔다)하다기보다는 지극히 세련되고 아름답게 이상화된 르네상스적 형상들이다. 오히려 '바로크'는 독일발 종교개혁이 침투하지 못했고 르네상스의 위세가 사실상 꺾인 바 없는 밝고 화창한 이탈리아보다는, '다시 살림'('re-naissance'는 이탈리아어 'rinascimento'를 프랑스어로 옮긴 것으로, '다시 태어남'이란 뜻이다) 조형예술의 가시적 유산이 없기에 기독교적 영성이 우세할 수밖에 없었던 북부 유럽의 음울한 날씨에 더 어울리는 현상이다. 파노프스키도 말은 그렇게 하지만 이탈리아 미술사 밖에서도 '바로크적' 요소들을 발견한다. 그는 바로크를 근대의 출발점으로 지목하면서, 데카르트의 서한들이 "감상성과 경박성이 바로크적으로 뒤섞인" 모습을 보여준다거나, 셰익스피어와 세르반테스가 현실의 겉과 속 사이의 괴리를 간파하면서도 "이에 대해 분개하거나, 그 흉악함과 크고 작은 해악과 아둔함에서 자신은 자유롭다고 생각하지 않는" 태도를 보인 것을, 객관적 모순과 대립을 주관적으로, 즉 '바로크적으로' "극복"한 예로 파악한다.[7]

이 책은 기본적으로 파노프스키가 이해한 바로크 개념을 따른다. 즉 '바로크'란 갈등과 모순, 괴리를 봉합하지 않거나 못하며,

대립의 양태를 그대로 사유하고 형상화하여 '나'의 시각에서 주관적으로 해결하는 태도, 입장, 전략을 지칭한다. 반면에 우리는 파노프스키 등 미술사가들과는 달리 바로크를 철학, 사상, 문학, 음악, 역사 등 상이한 영역에 걸친 현상으로 파악한다.

두번째 유대계 독일인은 파노프스키와는 달리 미국으로 망명하지 못하고 자살을 택한 발터 벤야민이다. 벤야민은 『독일 비애극의 원천』에서 바로크 시대의 상황을 '어중간한 혁명'으로 규정한다. 기독교의 권위가 확고했던 시대, 그 틀 안에서의 세속적 저항과 탈출의 시도는 "직접적 표현"의 방법을 찾지 못한 채, 세상을 변화시키는 대신 "세상을 구름 낀 하늘로 덮을 뿐"이었다고 한다.[8] 바로크 세계의 하늘을 덮은 구름은 개인의 죽음과 역사의 종말을 암시하는 구름이다. 르네상스는 성과 속, 하느님과 인간의 조화로운 관계를 상정했기에 종말을 걱정하지 않았다. 이러한 조화를 교회의 권위가 보장했기에, 교회를 뒤흔든 종교개혁은 바로크의 '구름'을 만들어낸 주범이자 원인이었다고 추론할 수 있다. 벤야민도 바로크 시대 독일 극작가들이 루터교도들이었음을 지적하면서 이 점을 인정한다. 그러나 그의 시각은 한편으로는 현세와 인간의 능력 및 행위에 대한 루터식의 거부, 다른 한편으로는 그렇게 현실을 부인한 자리에 남은 '공허함'의 이분법만을 바라보고자 한다.[9]

이 책이 파악하는 '바로크'는 벤야민과 달리, 그 대립항의 한 쪽을 현실에 참여하면서도 현실의 모순이 야기하는 환멸과 공허함의 정서로, 그 반대편은 절대자 하느님, 영원과 초월의 세계에 대한 믿음 및 희구로 설정한다. 바로크 시대인 17세기는 우리가 아는 세속적 '근대'의 요소들이 거의 모두 태동했던 시기였지만, 동시에 믿음과 영성, 영혼, 구원, 심판, 내세 등 기독교적 사유방식이 (신학 논쟁에 목숨을 걸 정도로) 생생하게 살아 숨쉬던 시대였다. 이 책에 등장하는 작가, 사상가, 작곡가, 화가 들은 이 양자가 팽팽한 긴장감을 유지하는 가운데 어느 한쪽에만 안주해서 손쉬운 해답을 찾지 않은 갈등의 용기와 대립의 정직함을 공유한다. 정치, 경제, 과학, 철학, 예술, 일상생활 등 거의 모든 영역에서 과감한 변화와 혁신이 진행됨과 동시에 하느님에 대한 헌신과 개인적 신앙 체험을 열정적으로 추구한 것이 이 시대의 모습이다.[10] '바로크'의 가치는 이 두 축 간의 갈등과 대립에 담겨 있다.

바로 이 점에서 바로크는 새롭게 우리의 '친구'가 될 수 있다. 이성과 영성, 순간과 영원 사이의 대립과 충돌의 에너지를 그대로 보존했던 바로크. 이렇게 이해한 바로크 시대의 가장 중요한 인물은 (『주름, 라이프니츠와 바로크』에서 질 들뢰즈가 선택한 라이프니츠가 아니라) 파스칼, 과학혁명을 선두에서 이끌었으면서도 동시에 강렬한 종교적 사색을 남긴 파스칼이다. 이 책에서 떠올리는 바로크의 이미지는, (들뢰즈가 주장하듯) '순환'과 '과정', '운동'이 맞물린 '주름pli'[11]이 아니라, 파스칼의 '생각하는 갈대'이다. 갈대는 서 있으나 움직인다. 갈대가 움직이는 것은 자기 안의 동력 때문이 아니다. 자신을 초월하는 힘, 바람이 갈대를 움직인다. 갈대는 바람으로 살아나고 바람은 갈대 속에 살아 있다. 갈대와 바람을 동시에 보고 듣는 다성음악의 이중성, 그 긴장의 유산은 지금 우리에게도 자양분을 줄 수 있기에, 이 책은 그 긴장을 체현한 17세기 인물들을 '햄릿의 친구들'이란 이름으로 다시 만나보고자 한다.

벗

이 책 제목에 포함된 '친구'란 말은 상징적 의미에서 '유사성'을 표현하려는 수사이다. 단지 '친구' 그 이상의 '벗'의 문제는 몽테뉴를 다루는 장을 제외하면 이 책에서 탐구하지는 않는다. 그렇긴 해도 '벗'에 대한 생각이 나에게는 절실하기에 '친구' 외에 '벗' 항목을 첨가했다.

햄릿은 시대와 상황을 잘못 만난 젊은이이긴 하지만, 죽는 순간까지 믿을 수 있고 존경할 수 있는 벗 호레이시오를 곁에 두는 복을 누렸다. 그에게 호레이시오는 동년배 대학 동기 그 이상이다. "내가 자네한테 무슨 이득을 바랄 거 없이 그대의 선한 정신 그 자체가 소득"(3.2.47-48)[12]이 되는 인물이며, "운명의 장난과 보상을 똑같이 담담히 받아들이"(57-58)는 차분한 성품의 소유자이자 "열정의 노예가 아닌"(62) 그를 햄릿은 "나의 소중한 영혼이 자발적으로 선택"(53)했다고 칭찬한다. 햄릿은 호레이시오에게도 소중한 벗이다. 햄릿이 죽어가자 호레이시오도 독을 마시고 따라 죽으려 한다. 햄릿은 그를 말리며 "그런 행복은 잠시 미뤄두고, 이 험한 세상 고통을 들이쉬며 내 이야기를 해주게"(5.2.326-328)라고 당부한다. 쓰러진 친구의 시체 옆에 서 있는 호레이시오. 벗은 자신의 이야기를 전해달라는 유언을 남기고 그렇게 영원히 떠나간다.

참된 벗은 무대 밖 현실 세계에서도 너무 빨리 죽음에게 내줘야 하는 것인가. 몽테뉴를 다루는 장에서 언급하겠지만, 그의 참다운 벗 에티엔 드 라 보에시가 그러했다. "왜 내가 그를 사랑했느냐고 당신이 묻는다면, '왜냐하면 그였기에, 왜냐하면 나였기에'라는 표현 말고는 달리 말할 방법이 없다고 느낀다." 이것이 몽테뉴의 설명 아닌 설명이다. 몽테뉴는 이어서 이렇게 쓰고 있다.

> 이 우정은 오로지 그 자체 외에 다른 추종할 이상이 없었고, 오로지 그 자체하고만 비교될 뿐이었다. 그 어떤 측면 하나, 둘이나 셋이나 넷이나 천 가지가 아니라 이 모든 것의 정수를 한데 합친 것이 나의 의지를 사로잡았고 그것을 그의 의지 속에 빠트려서 거기에 녹아들게 했고, 또한 그의 의지를 사로잡아 내 의지에 빠트려 거기에 똑같이 동등한 갈급함과 열심으로 녹아들게 했으니…… 우리는 그 무엇도 함께 나누지 않은 게 없다. 그의 것과 나의 것을 전혀 구분할 수 없었다.(「우정에 대하여」, 1.188)[13]

그토록 서로 잘 맞던, 둘도 없는 벗 에티엔은 일찍 세상을 떴다. 벗은 떠나고 몽테뉴는 글로 그를 기념한다.

물론 햄릿이나 몽테뉴의 우정 자랑은 다소 과장이 들어간 찬사들이다. 인간이 완벽할 수 없듯 벗으로 삼은 다른 인간도 완벽할 수 없다. 하지만 불완전한 '나'와 또다른 불완전한 '나'가 서로 이렇듯 하나로 녹아들어가 정신과 정서의 교감을 나누는 것은 불가능하지 않다. 내게도 그러한 벗이 있었다. 나 또한 그

벗을 갑자기 찾아온 죽음에게 빼앗겼다. 이 책을 쓰던 해에 잔인한 병마가 그의 목숨을 앗아간 것이다. 이제껏 내 모든 원고를 가장 먼저 읽어줬던 벗, 광현의 빈자리를 이 긴 독백으로 메워본다.

1막
유령

사건은 덴마크 국왕 햄릿이 갑자기 사망하면서 시작된다. 선왕 햄릿은 무용武勇이 뛰어난 왕으로, 노르웨이 왕 포틴브라스를 전쟁에서 죽이는 전과를 올리기도 했다. 그의 아들 햄릿은 군사 기술을 연마하는 대신 독일에서 대학을 다닌다. 부친의 사망 소식을 들은 햄릿은 부랴부랴 귀국한다. 그런데 와서 보니 나라와 집안 꼴이 엉망이다. 부친이 죽은 것도 충격인데, 어느새 숙부 클로디어스가 왕좌를 차지했다. 성인이 된 햄릿이 왕위를 물려받지 못할 이유가 전혀 없는데, 숙부가 선수를 친 것이다. 말로는 "조카 햄릿이 차기 왕"이라고 하지만 숙부가 몇 살까지 살지, 그사이 무슨 일이 벌어질지, 알 수 없는 노릇이다.

더 충격적인 일은 아버지가 죽자마자 어머니가 시동생과 결혼했다는 사실이다. 그 결혼으로 어머니는 왕비 자리를 유지할 수 있었겠지만, 아들로서는 그 결혼을 받아들이기가 어렵다. 늦은 밤, 그렇지 않아도 심기가 불편하고 젊은 혈기가 들끓는 햄릿에게 유령이 나타난다. 유령은 자신이 부친의 유령이라고 주장한다. 그리고 햄릿의 마음을 뒤흔드는 이야기를 전한다. '나를 죽인 것은 네 숙부, 현재의 덴마크 왕이다. 너는 내 원수를 갚아야 한다.'

차림새를 보니 유령은 제법 부친의 모습과 비슷하다. 유령은 햄릿에게 따라오라고 손짓한다. 그러나 호레이시오가 나서서 햄릿을 말린다. 유령이 흉측한 모습으로 변신해서 그의 "이성을 빼앗고 광기로 몰아넣을지"(1.4.73-74) 모르니 따라가지 말라고 만류한다. 그러나 햄릿은 유령을 따라가고 만다.

유령은 햄릿에게 무서운 이야기를 들려주며 복수를 부탁한다. 그렇다고 유령의 말을 곧이곧대로 받아들이고 바로 행동에 들어갈 수는 없다. 지식인 햄릿에게, 또한 그의 대학 동기이자 가장 가까운 벗인 호레이시오에게는 쉽게 넘기기 어려운 인식론적 문제가 제기되었기 때문이다. 유령은 유령이다. 천국에서 내려온 천사의 계시가 아니니 '믿음'으로 받아들일 수도 없다. 독살에 대한 과학적 증거를 제시한 것도 아니니 이성이 수긍하지 않는다. 유령의 증언은 '유령 같은' 증언이다. 햄릿은 호레이시오를 비롯한 동료들에게, 유령의 출현과 자신이 유령과 대화를 나눈 것을 일체 비밀로 하겠다는 맹세를 받는다. 또한 앞으로 자신이 "괴상한 행동"(1.5.172)을 꾸며댈 테니 모르는 척하라고 당부한다.

햄릿은 유령의 말을 검증하기 위해 유령이 말해준 상황과 유사한 플롯을 엮어 연극 공연을 연출한다. 공연을 지켜보던 클로디어스의 반응을 본 다음 그는 '심증'을 굳힌다. 그리고 본격적으로 행동에 들어간다. 그때까지 햄릿은 호레이시오처럼 유령을 전적으로 의심할 수도, 그렇다고 전적으로 받아들일 수도 없었다. 의심과 확신 사이에서 햄릿은 '바로크적' 분열과 대립의 화신이 되어 기괴한 행각을 일삼는다. 그는 르네상스의 이성중심주의를 어느 정도 받아들이지만 완전히 신뢰하지는 않는다. 호레이시오에게 "하늘과 땅에는 자네의 철학에서 꿈꾸는 것들보다 더 많은 일들이 있다네"(1.5.166-167)라고 말하는 햄릿은 이성을 넘어서는 영역을 부인하지 않는다. 호레이시오의 이성주의 '철학'은 진실에 도달하기 위해 모든 것을 회의하는 데카르트의 형이상학과 유사하다. 반면에 이성과 유령 어느 한쪽만 전적으로 신뢰할 수 없는 햄릿은 둘 사이에서 갈라져 있다.

그러나 덴마크 왕자 햄릿은 유령의 진위에 대한 인식론적 탐구에만 골몰할 수 없다. 이제 그는 행동에 나서야 한다. 왕자의 행동에는 근거와 방향과 목표가 있어야 한다. 그 근거가 유령의 증언이라면 증언이 '유령 같은' 허위일 소지가 있다. 그 목표가 유령이 명령한 복수라면, 그것은 숙부를 죽이는 친족 살인이기에 더욱 조심스러울 수밖에 없다. 햄릿은 알려진 것처럼 우유부단한 '햄릿형 인간'이 아니다. 그는 "내 목숨 같은 것은 눈곱만큼도 중히 여기지 않는다"(1.4.65)라고 호레이시오에게 말한다. 용맹스런 아버지를 닮아 아들도 용감하다. 그가 주저하는 것은 자칫 목숨을 잃을지 모른다는 두려움 때문이 아니다. 유령은 그에게 행동하라고 부추기지만, 그것이 유령의 명령이기에 그는 주저한다.

부친의 사망, 숙부의 왕위승계, 모친의 재혼 등 연이은 악재에 이어 유령에게까지 시달리는 햄릿은 이제 평정심을 잃는다. 좋아하던 오필리아도 예전처럼 대할 수 없다. 오필리아는 그가 "마치 지옥에서 방금 풀려나와 끔직한 이야기를 할 참인 듯"(2.1.80-81)한 표정으로 자신을 바라본다고 말한다. 그뿐 아니라 햄릿은 오필리아에게 "수녀원으로 어서 가버려. 왜 죄인들을 낳아서 키우려고 그래?"(3.1.118-119)라는 폭언까지 내뱉고 가버린다. 오필리아는 "궁정신하이자 무사, 학자의 눈과 입과 칼"을 한몸에 갖춘 "유행의 거울이자 몸가짐의 틀"이었던 그가 "완전히 망가졌구나"(3.1.145-148) 하며 탄식한다. 유령을 만난 후 햄릿 자신이 일종의 유령이 되어버린 것이다. 그는 더 이상 예전의 멋진 청년 왕자가 아니다. 이제 그는 한때 자신의 모습이었던 왕자의 '환영'일 뿐이다. 문무를 겸비하고 다재다능하며 매너 좋고 옷차림 말쑥한 햄릿, 르네상스적 이상형 햄릿이 거칠고 산만하고 괴상한, 그야말로 '바로크'한 햄릿으로 급변한 것이다.

햄릿이 처한 상황 또한 '바로크'하다. 아들 햄릿이 어머니 거트루드를 비난하는 항목에는 숙부가 선친과는 비교할 수 없이 열등한 인물이라는 것도 포함된다. "제우스의 이마나 다름없고 눈은 전쟁 신 마르스처럼 적을 압도해 굴복시키고, 서 있는 자세는 전령 신 머큐리 같은"(3.4.56-57) 모습이 마치 "모든 신이 한 인간의 품질을 보증하려 도장을 찍은 듯한"(61-62) 멋진 왕의 아내였던 사람이, 어떻게 형과 비교할 때 "곰팡이 썩은 이삭 같은" 아우를 다시 남편으로 맞을 수 있단 말인가? "도대체 눈이 있으신가요?"(65)라며, 아들 햄릿은 모친을 힐난한다. 그리스·로마 신들의 이름을 동원해서 칭송되는 선왕은 그리스·로마 다신교를 '다시 태어나게 한' 르네상스의 상징적 인물이라고 할 수 있다. 반면에 그의 동생 클로디어스는 어원적 의미에서 바로크한('거칠고 조야한') 인물이다.

그러나 이 잘난 '르네상스적' 아버지는 기껏해야 힘없는 '유령'으로 나타날 뿐이다. 유령이 햄릿에게 명한 바는 복수이다. 그리고 복수의 대상은 햄릿의 숙부이다. 이제 숙부는 어머니의 남편이므로 법적으로는 계부이기도 하다. 그러나 죽은 아버지의 이름으로 살아 있는 '대리 아버지'를 죽이는 것은 그리 간단한 문제가 아니다. 햄릿으로서는 아버지가 죽자마자 자신이 "숙부-아버지와 숙모-어머니"(2.2.344-345)의 조카 겸 아들이 되었다는 사실이 유령을 만나기 전부터 퍽 곤혹스러운 문제였다. 아직 유령을 만나기 전인 1막 2장, 그의 첫번째 독백은 '어떻게 아버지가 돌아가신 지 불과 두 달 만에 어머니가 숙부와 재혼할 수 있단 말인가?'에 대한 우울한 넋두리다. 그런데 부친의 유령이 나타나 섬뜩한 비밀을 전해준 다음에는 숙부에 대한 혐오감에 살기殺氣를 더해야 할 상황이 되었다. 작품 중간 부분에서 햄릿은 연극 공연을 통해 클로디어스의 죄의식을 검증한 후 호레이시오에게 확인한다. "이보게 내 친구 호레이시오, 유령의 말이 진실이라는 데 천 파운드 걸겠네. 자네도 봤지?…… 독살 얘기 나올 때 말이야?"(3.2.260-263) 호레이시오도 여기에 동의하니, 이제 주저할 이유는 없어졌다.

그런데도 햄릿은 "마침 숙부가 기도중이니 지금 죽이면 천국으로 보낼지 모른다"며 공격할 기회를 흘려버린다. 그러고는 어머니 침실로 찾아가 어머니에게 심한 욕설과 비난을 퍼붓는다. 게다가 복수의 대상인 클로디어스 대신 커튼 뒤에 숨어 있던 오필리아의 아버지 폴로니어스를 죽인다. 계속 어머니를 질책하는 도중, 유령이 두번째이자 마지막으로 나타난다. 그러자 햄릿이 유령에게 묻는다. 이때 유령 아버지와 유령을 보지 못하는 유령의 아내, 유령을 알아보는 아들 간의 서로 엇갈리는 대사가, 마치 바로크 다성음악의 복수 선율이 동시에 진행되듯 오고간다.

햄릿: 너덜너덜해진 누더기 임금님…… 그 훌륭하신 모습으로 나한테 바라시는 게 뭐요?

거트루드: 저런, 얘가 미쳤구나!

햄릿: 당신의 미적거리는 아들을 꾸짖으려고 온 거 아니오,
시간도 지체하고 분노의 감정도 시들해져서
당신의 엄한 명령을 엄중히 실행하지 않았다고? 말 좀 해봐요!

유령: 잊지 말아라. 이렇게 찾아온 것은
오로지 거의 덤덤해진 너의 목표를 일깨우려는 것임을.
하지만 보거라, 네 어머니가 거의 넋이 나가셨다.
어머니와 어머니의 분투하는 영혼 사이로 가서 도와드려라,
약한 몸의 공상력이 가장 강한 힘을 발휘할지 모르니.
어머니에게 말을 걸어라, 햄릿. (3.4.102-114)

유령 아버지는 아들에게 복수의 명령을 상기시키면서도, 자신을 죽인 동생의 아내가 된 옛 배필을 걱정하면서 어머니한테 심하게 굴지 말라고 독려한다. 이것이 그의 마지막 대사이다. 말의 수와 비중을 보면, "엄한 명령"을 반복하는 것은 두 행에 불과하고(그것도 햄릿이 따져 물은 데 대한 대답의 형식일 뿐이다), 어머니 걱정은 네 행이다. 1막에서의 유령이 아들에게 사명을 던져주는 '아버지 유령'이라면 이 대목에서는 아내를 사랑하는 '남편 유령'에 가깝다. 하지만 아내는 유령 남편을 알아보지 못한다.

거트루드: 너 누구한테 그렇게 말하고 있니?

햄릿: 저기 아무것도 안 보이세요?

거트루드: 아무것도 없는데, 내가 보기에는.

햄릿: 아무 소리도 안 들리세요?

거트루드: 안 들려, 우리 둘 말소리 빼고는.

햄릿: 아, 저기 보세요— 가만히 떠나가는 걸—
아버지가 생전의 옷차림 그대로—
저기 가시는 모습 보세요, 지금 문까지 가셨잖아요.

(유령 퇴장)

거트루드: 그것은 네 머리로 만든 환상이야.
광기는 몸체 없는 환영들을
아주 교묘하게 잘 만든단다. (3.4.130-140)

1막에서 유령은 햄릿뿐 아니라 호레이시오의 눈에도 분명히 보였다. 그러나 이제 유령은 유령이 가장 사랑하는 아내의 눈에도 보이지 않는다. 연극 안에서도 있으면서 없는, 실재이면서도 환상인 이 유령의 역할은 '유령처럼' 중요하면서도 중요하지 않다. 처음 나타난 후로 유령은 햄릿이 미적거릴 때나 마지막에 복수를 실행할 때 다시 등장해서 재차 그를 독려하지 않는다. 이 장면 이후 유령은 거의 '잊혀진' 배역이나 마찬가지다. 햄릿이 죽으면서 '아, 이제야 아버지의 한을 풀었구나!' 하고 안도하는 대사는 전혀 없다. 왕자 햄릿은 부친 사도세자의 비운을 평생 가슴아파한 효자 정조가 아니다. 유령은 『햄릿』의 시작부터 끝까지 하나의 문제로 남아 있다. 그 유령을 감싼 어둠, 수수께끼, 의심, 불안은 『햄릿』의 무대에 회의와 확신, 환상과 실상이 대립하는 바로크의 안개를 짙게 드리운다.

햄릿이 유령 '때문에' 망가진 것인가? 그렇기도 하고 아니기도 하다. 객관적으로 보면 유령은 햄릿 자신의 "머리로 만든 환상"이다. 그런 환상 때문에 그가 어떤 입장이나 행동을 취한다면 그것은 '정신이 나간' "광기"(원문은 ecstasy. 한순간 혼이 몸에서 나가 있다는 의미다)에 해당된다. '나'와 나를 맴도는 실체 없는 생각, 두려움, 공포, 욕망이 "교묘하게 잘" 만들어낸 환상이 진실이 아니라 환상이라고 의심하는 순간, '나'는 이 유령에서 자유로워질 수 있을까? 이제 몬테베르디의 〈오르페오〉와 데카르트의 『성찰』과 함께 회의하는 이성의 물음이 안내하는 곳으로 따라가보자.

1장

고개 돌린 그 순간: 몬테베르디의 〈오르페오〉

이탈리아 만토바와 베네치아에서 활동한 작곡가 클라우디오 몬테베르디(1567-1643)는 윌리엄 셰익스피어(1564-1616)와 비슷한 연배이다. 만날 기회가 있었다면 이 둘은 친구 사이가 되었을 법하다. 둘 다 탁월한 예술가로서 아이디어가 넘쳐나면서도 동시에 다양한 경향을 통합하고 절충해서 자신의 것으로 만드는 능력이 뛰어났다. 인간의 심리와 인간 조건에 대한 깊은 통찰력도 둘의 공통점으로 꼽을 수 있다. 대표적인 작품들의 연대도 일부 겹친다. 『햄릿』은 1599-1601년경 초연된 것으로 추정되는데, 이 당시 몬테베르디는 마드리갈(세속 성악곡) 작곡가로 명성을 날리던 중이었다. 그가 무대음악으로 영역을 넓힌 작품은 〈오르페오L'Orfeo〉(1607)이다. 이 무렵 셰익스피어의 『맥베스』와 『리어왕』을 비롯한 복잡하고 으스스한 비극이 초연되었다고 추정된다.(셰익스피어의 경우 기록이 시원치 않아서 정확한 연도는 말하기 어렵다.) 몬테베르디는 셰익스피어보다 몇십 년을 더 살면서 생애 말년에 〈포페아의 대관L'incoronazione di Poppea〉(1642) 등 오페라 걸작을 창작했다. 하지만 오페라를 하나의 장르로 정착시킨 기념비적 작품은 〈오르페오〉이다. 〈오르페오〉의 음악사적 가치를 소개하는 일은 내가 할 몫은 아닐 것이다. 그래도 몇 가지 사실은 확인하고 넘어가자.

오페라의 기본은 독창이다. 독창 속에 대사를 담아 그 뜻과 의미가 선명히 전달되도록 한다는 점에서 '모노디monody'를 모아 놓은 형태이다. '모노디'는 다성음악의 반대인 단선 멜로디를 의미하지만 개인이 '나 홀로' 부르는 노래라는 뜻도 있다. 모노디 운동의 중심은 르네상스의 본산지 피렌체였다. 1580년경부터 피렌체의 바르디 백작가家에 모여 문화운동을 추진한 예술애호가 그룹 '카메라타Camerata' 동인들은 중세가 물려준 교회음악의 다성적 구조를 정비 및 폐기하려 했다. 그 논거로 르네상스가 재발견한 그리스 고전 중 플라톤의 저서를 동원했다. 고대 그리스 음악의 악보나 녹음이 남아 있을 리 없는 터에, 이들은 자신들이 소신껏 또는 자의적으로 해석한 바에 따라 새로운 작법을 제시했다. 이들은 플라톤을 창의적으로 오독하면서 플라톤이 멜로디를 통한 가사 전달을 중시했다고 주장했다. 그리고 이러한 정통 '그리스적' 노래 방식을 '이야기 양식stile recitativo'이라고 명명했다.[14] 또한 아리스토텔레스 『시학』의 언급을 유추하며 고대 그리스 시대의 비극은 대사를 노래에 담았다고 생각했다. 이 두 가지 '해석'을 결합하면 그 결론은 극적인 대사를 단선 멜로디에 담아 가수 겸 배우가 연기하는 형태인 오페라가 된다. 최초의 오페라는 피렌체에서 활동하던 야코포 페리가 오타비오 리누치니의 대본에 음악을 붙여 공연한 〈다프네Dafne〉(1598)이다. 그러나 악보가 남아 있지 않다. 악보가 온전히 남아 있는 작품 중에서는 몬테베르디의 〈오르페오〉가 가장 오래됐다.

앞서 말했듯 이미 마드리갈 작곡가로서 상당한 명성을 누리던 몬테베르디는 〈오르페오〉를 작곡하면서 세 가지 요소—마드리갈의 표현력, 피렌체산 모노디의 서술적 선율, 마찬가지로 피렌체에서 유행한 막간극intermedio(스펙터클한 공연 사이사이에 음악과 연기가 들어가는 형태)—를 통합하되 다성음악 요소도 배제하지 않는 중도적 입장을 취했다. 몬테베르디의 독창성은 이렇듯 절충주의적 측면과 뗄 수 없지만, 그 결과는 대사를 모두 아름다운 노래에 담아낸 수준 높은 음악극이었다.[15]

몬테베르디는 '근대적' 작곡가의 원조라 할 만하다. 시인이나 화가, 조각가처럼 작곡가가 예술가로 인정받아 유명해진 첫번째 경우가 몬테베르디라고 해도 과언이 아니다. 그가 평생 아홉권에 이르는 마드리갈 모음집을 작곡한 것도 큰 업적이지만, 이 모음집들이 책으로 출판되어 이탈리아 전역과 유럽 다른 지역까지 보급되었다는 점도 그에 못지않게 중요하다. 16세기 말과 17세기 초에 악보 출판 시장이 급성장하면서 그는 베스트셀러 '스타 작곡가'로 부상할 수 있었다. 예를 들어 다섯번째 마드리갈 모음집(1605)은 이탈리아 지역에서 1620년까지 6쇄가 나왔고, 해외에서도 2쇄가 나온 악보 출판계의 히트작이었다. 1609년에 인쇄물로 변신한 〈오르페오〉 또한 인기리에 팔렸다. 무려

104쪽에 달하는 이 긴 작품을 다양한 활자와 음표를 배합해서 성공적으로 출판했다는 사실은 악보 출판 역사의 전환점이었다.[16] 아울러 〈오르페오〉 악보의 출판은 마드리갈 작곡의 대가로만 알려졌던 몬테베르디가 음악극이라는 새로운 장르에서도 선두주자임을 만방에 알리는 효과가 있었다.[17]

L' ORFEO
FAVOLA IN MVSICA
DA CLAVDIO MONTEVERDI
RAPPRESENTATA IN MANTOVA
l'Anno 1607. & nouamente data in luce.
AL SERENISSIMO SIGNOR
D. FRANCESCO GONZAGA
Prencipe di Mantoua, & di Monferato, &c.
In Venetia Appresso Ricciardo Amadino.
M D C IX.

몬테베르디, 〈오르페오〉 악보 1609년 초판 표지.

〈오르페오〉가 선취한 근대성은 그것이 만들어지고 알려지고 수용된 정황뿐 아니라 그 내용에서도 찾을 수 있다. 음악의 귀재 오르페오(오르페우스)는 무사이(뮤즈) 자매 중 하나인 칼리오페와 아폴론 신의 아들이다. 그는 음악의 수호신인 아버지와 고운 목소리가 장기인 어머니를 닮아 음악 솜씨가 신적인 경지에 이를 정도로 뛰어나다. 그의 재주가 얼마나 기묘했던지, 그의 결혼식 당일 신부 유리디체(에우리디케)를 죽여서 납치해간 지하세계 망자들의 신마저도 그의 음악 앞에 무릎을 꿇는다.

먼저 오르페오는 산 자와 죽은 자를 가르는 망각의 강 레테의 심술궂은 뱃사공 카론을 음악으로 달래 잠재우더니, 급기야 페르세포네를 음악으로 홀려 남편 플루토네(하데스)에게 오르페오의 신부를 풀어주도록 압력을 넣게 하는 데까지 성공한다. 지하세계의 대왕은 굵은 목소리로 부인의 청을 들어주지만, 한 가지 조건을 내건다.

절대로 그의 간절한 눈빛을 그녀를 향해 돌리지 않도록 하라.

단 한 번만 쳐다보아도,

영원히 그녀를 잃을 분명한 원인이 될 것이니.[18]

그래도 신부를 풀어준다니 다행이지만, 참으로 기가 막힌 조건이 아닐 수 없다. 보고 또 보고 싶은 신부를 어찌 단 한 번, 단 1초도 쳐다보면 안 된다는 말인가? 사랑은 눈으로 들어오고, 눈이 먼저 사랑한다는 것을 너무나 잘 아는 플루토네는 이렇듯 인간의 약점을 교묘하게 이용한다. 그래서 자비를 베풀었다는 명분을 세우고, 동시에 마누라의 간청도 들어주며 '가정의 평화'를 유지하는 효과도 챙기지만, 철없는 오르페오는 그저 자신의 재주와 인내심만 맹신할 따름이다.

플루토네의 마음을 돌려놓은 오르페오는 유리디체를 구했다는 기쁨과 자신의 능력에 대한 자부심으로 날아갈 듯한 기분이다. 몬테베르디는 다음과 같은 가사를 부점附點을 단 경쾌한 두 박자에 담는다. 가락은 가사의 음절에서 벗어나 맘껏 춤추며, 곁에 따라붙는 바이올린과 번갈아 대화를 나눈다.

나의 막강한 하프여,

지하세계의 경직된 마음들을

모조리 굴복시켰으니,

네게 합당한 영예가 얼마나 크겠나?

너는 천상의 형상 중에서도

가장 아름다운 자리에 앉을 것이고,

너의 음악소리에 따라 별들이

때론 한가히, 때론 분주히 춤출 것이다.

이 대목에서 의기양양한 오르페오의 자만은 극에 달한다. 물론 그럴 만하다. 살아 있는 인간으로서 처음으로 지하세계에 들어갔다 무사히 걸어나오는 것만으로도 기적 같은데, 게다가 죽었던 사람까지 되살려내고 있으니, 얼마나 대단한 일인가!

그러나 바로 이 순간이 '인간의 재능'을 예찬하는(또는 자화자찬하는) 르네상스적 시각이 일순간 바로크적 '갈등'과 '긴장'으로 전환되는 지점이기도 하다. "나의 막강한onnipotente 하프여"라고 르네상스는 노래한다. 그러나 노래하는 '나'는 전능하지onnipotente 않다. 재주는 신과 같으나 인간 오르페오는 다른 인간과 마찬가지로 약점 많은 인간, 갈대와 같은 존재이다. 일단 그리스 비극에 늘 등장하는 고정 죄목인 '오만hybris'에서 '나'는 자유롭지 못하다. 게다가 모든 공로를 자신의 '막강한 하프'에만 돌리며 일개 도구일 뿐인 자신의 악기를 천상에 올려놓겠다니, 물신숭배의 오류까지 범한다. 하지만 이 정도 약점은 그래도 눈감아줄 수 있다. 더는 말고, 그냥 그 정도 자만에만 머물면서 무사히 코스를 완주했다면, 유리디체를 다시 품에 안을 수 있었을 것이다.

그러나 바로크의 논리를 움직이는 것은 이러한 적절한 조화와 발전이 아닌 극과 극, 전부 또는 전무의 대립이다. 문제는 자만심 그 자체가 아니다. 이보다 더 근본적인 도전이 오르페오의 내면에서 솟아오른다. 그리스 비극의 주인공들은 그리 앓지 않았던 비교적 새로운 질병인 의혹과 불안이 결정적으로 그를 파멸시키는 것이다. 셰익스피어의 오셀로를 파멸시킨 의혹의 '유령'이 오르페오를 엄습한다. 오르페우스/오르페오는 17세기 초에 부활한 바로 이 의심이라는 '근대'의 바이러스에 감염된 것이다. 혹시 아니라면? 햄릿 식으로 말하자면, 혹시 뒤에 따라오는 것은 헛것, 유령이 아닐까? 혹시 뒤에 아무도 없는 건 아닐까? 내가 직접 보고 확인하지 않았는데 어떻게 알 수 있지? 유리디체는 과연 있을까? 유리디체가 따라오고 있다고 과연 믿어도 되는 걸까?

결국 생각이 문제이다. 곧이어 살펴볼 데카르트에게는 이러한 의심이 '나'를 확인하는 긴요한 방법론을 제공한다. 내가 의심하는 순간, 의심의 능력을 갖춘 '나'만은 확실히 존재한다. 이것이 '나'의 존재를 확인하는 쓸모 있는 논리일 수 있다. 그러나 오르페오는 '나'의 존재가 아닌, '나'에게 가장 필요한 '남', 유리디체의 존재를 의심한다. 데카르트가 던질 법한 일련의 질문이 오르페오의 머릿속을 점령하자, 음악의 색조는 단조로 바뀐다. 이제 박자는 처지고 가사는 음절에 묶여서 한 마디씩 딱딱 끊어지며 가는 걸음은 더뎌진다.

그러나 내가 이렇게 노래하긴 해도, 아, 누가 보장하나,
그녀가 나를 따라오고 있다는 것을?

의심의 꼬리는 점점 길어진다. 오르페오/오르페우스 전설을

전해주는 출처 중 하나인 오비디우스의 『변신 이야기Metamorphoses』에 나오는 해당 대목과 알레산드로 스트리조가 쓴 〈오르페오〉 리브레토와 비교해보면, 후자의 근대성이 확연히 부각된다. 오비디우스는 오르페우스가 고개를 돌린 이유를, 에우리디케가 "잘못 따라올까 두려워, 그리고 보고 싶은 마음이 간절해서"(10.56)라는 한 행으로 요약해놓았다.[19] 고전시대의 시인은 오르페우스가 고개를 돌린 행위를 신들의 약속에 대한 의심과는 상관없이 순전히 인간적 걱정과 염려의 발로로만 기술한다. 반면에 17세기 초에 울려퍼진 오르페오의 독백은 신들과의 계약에 대한 근본적 회의와 의혹으로 점철되어 있다. "누가 보장하나?" 신들의 보증서를 못 믿는다면 남는 것은 '나'의 생각밖에 없다. 그러나 '나'는 아는 바가 제한되어 있다. '나'는 생각하는 존재이다. 그러나 이 생각은 의심과 불안과 걱정만을 부풀려놓는다. 과연 신들의 명령을 꼭 지킬 필요가 있는가? 의혹은 자기정당화로 이어진다. 어디 신이 한둘인가?

플루토네가 금지하는 바를 사랑의 신은 실행하라 명령한다.
인간과 신을 모두 지배하는
보다 막강한 신의 뜻에
복종해야 하지 않겠나.

엎친 데 덮친 격으로, 이때 뒤에서 부스럭거리는 소리가 들린다. 이에 더욱 불안해진 오르페오는,

혹시 분노의 여신들이
무장한 채 나를 광폭하게 습격해서
내 사랑을 빼앗아가버리지 않을까?

오르페오가 고개 돌린 순간 전후의 소절들.

라고 반문하더니, 드디어 플루토네의 준엄한 명령을 어기고, 그만 고개를 뒤로 돌리고 만다.

몇 초 동안 숨막힐 듯한 정적이 흐른다. 악보는 정지한 통주저음basso continuo(지속적으로 이어지는 베이스와 화음)과 함께 숨을 멈춘다.

화려한 음악의 색조가 갑자기 흑백으로 변하는 그 순간에 마주친 유리디체의 아름다운 눈. 불과 몇 초밖에 이어지지 않은 찰나의 만남.

아, 지극히 달콤한 눈이여, 이제 그대를 바라보는구나,
이제 나는……

하지만 두번째 행을 시작하자마자, 사랑하는 신부의 모습은 어둠에 휩싸인다.

이제 나는…… 하지만 무슨 일식이, 아, 그대를 희미하게 지워버리는 건가?

이 질문에 대한 답변은 즉각 나온다. 지옥의 정령은, 준엄하기 이를 데 없는 베이스로 "너는 법규를 위반했으니, 은혜를 입을 자격이 없노라!"고, 마치 기다렸다는 듯 선언한다. 아마도 이들은 오르페오를 구경하며 그를 조롱했을 것이다. '그래, 두고봐, 저놈이 곧 뒤를 돌아보지 않고 배기겠어? 플루토네 님께서 다 그럴 줄 아시고 보내주신 거지.' 이렇게 수군거리며 한쪽에서 악마의 웃음이 터져나왔을 법하다. 물론 몬테베르디는 이 비장한 그리스(풍) 음악극에서 '웃음'을 표현할 의향이 없다. 하지만 오르페오와의 내기가 지하세계의 한판 승리로 끝났다는 선언을 단숨에 외쳐대는 이 우렁찬 목소리는, 인간들의 자만심과는 전혀 차원이 다른, 그야말로 악마적 자만심의 극치를 느끼게 한다. 존 밀턴의 『실낙원Paradise Lost』이 보여주듯, 모든 자만심과 교만의 원조는 사탄이다.

곧이어 통주저음이 무너져내리는 듯 화음을 펼쳐놓으면, 유리디체의 숨죽인 탄식이 가냘프게 들려온다.

아, 너무나 달콤하며 너무나 쓰디쓴 모습이여,
이렇게, 너무 심한 사랑 때문에 결국 나를 잃는가요?

유리디체로서는 그렇게 생각하는 편이 낫겠지만, "너무 심한 사랑troppo amor"이 주범이 아니라, '너무 심한 사색/걱정troppo pensiero'이 원인이다. 그러나 상황은 너무나 급박하게 돌아간다. 단 한순간, 아니 작별인사조차 나눌 겨를 없이, 또다른 지옥의 정령이 이번에는 귀를 찢는 듯한 높은 테너 목소리로 외친다.

돌아가라, 죽음의 그림자로,
불행한 유리디체여,
다시 하늘의 별을 볼 희망을 버려라,
이제부터는 너의 애원에 지옥은 귀머거리가 될 것이니.

유리디체는 말없이 끌려간다. 점차 어둠속에 함몰되어 형체마저 알아볼 수 없는 연인을 향해 오르페오는 절규한다.

어디를 가는 건가, 나의 생명이여? 자, 나도 그대를 따라가겠다!

이 대목은 17세기의 대표 서사시 『실낙원』 9권과 유사하다. 이브가 그 치명적인 과실을 막 삼켰다는 것을 알고 난 후, 아담은 이렇게 반응한다.

그 원수가 그대를 몰래 속였구나, 그리고
나도 그대와 함께 패망시켰구나, 왜냐하면 그대와 함께
죽기로 나는 정녕 작정했기에.
그대 없이 내가 어찌 살겠나, 어찌 그대와의
달콤한 대화와 사랑으로 이렇듯 소중히 합쳐진 삶을 버리고,
다시 이 황량한 숲속에서 적막하게 살겠나?(905-910행)[20]

창조주 하느님으로서는 기가 막힌 소리다. 모든 것을 풍족하게 베풀어주었고 하느님과 천사들이 그의 벗이 되어주었건만, 이제 와서 아담은 에덴동산이 황량하다고 말한다. 이 장면에서

밀턴은 하느님의 섭섭함을 거론하지 않았다. 대신 「창세기」에 나오지 않는 이러한 대사를 길게 삽입해 독자들로 하여금 한 여자에 대한 한 남자의 간절한 사랑 표현에 감동하게 만든다. 이와 유사하게 스트리조는 오비디우스의 작품에는 안 나오는 "나도 그대를 따라가겠다"는 대사를 삽입해 오르페오의 "너무 심한 사랑"을 강조한다.

오르페오는 유리디체 없는 지상세계보다는 유리디체 곁에서 함께 어두운 지하세계의 비애를 나누겠다며 발길을 돌리려 한다. 그러나 그의 발은 움직이질 않는다. 인간의 의지를 벗어난 초자연적 힘이 그를 제어하고, 나아가 그를 지상의 세계로 강제로 끌어낸다. 이제 유리디체와의 거리는 점점 멀어진다. 그는 다시금 "혐오스런 빛의 세계l'odiosa luce"로 밀려나간다. 사랑이 없기에 살아도 사는 것 같지 않은, 그럼에도 살아 있는 척하며 뻐기는 행색이 지극히 혐오스러울 수밖에 없는 지상의 세계. 자신의 재능에 도취했던 르네상스인 오르페오가 다시 지상세계로 돌아왔을 때, 그곳은 바로크적 세계로 변해 있다. 이제 그를 맞이하는 것은 황량한 고독이다. 이제 그의 노래에 응답하는 것은 희미하고 창백한 메아리뿐이다. 어떤 판본은 오르페오가 아버지 아폴론의 손에 이끌려 하늘로 올라가는 것으로 작품을 마무리한다. 그렇다고 해서 이것이 '해피엔딩'일 수는 없다. 오르페오에게 필요한 것은 태양신 아폴론이 아니라 인간 여인 유리디체이다. 게다가 유리디체는 영원히 지옥에 갇혀 있으니 하늘로 올라간 오르페오가 무슨 낙이 있을까.

지상으로 올라온 오르페오의 눈에 들어찬 허무와 무의미한 상황은 바로크적 정서를 표현한다. 하늘과 지옥으로 갈린 두 연인의 처지 또한 바로크의 대립과 간극을 예시한다. "인간/남자가 나를 기쁘게 하지 못한다네, 아니, 여자도 마찬가지고"(『햄릿』 2.2.290-291)라는 햄릿의 발언은 오르페오의 심정을 대변한다. 빛이 혐오스러우나 어둠도 위안이 되지 않는다. 오르페오는 살아 있으나 살아 있지 않다. 신부를 두 번 잃은 오르페오의 우울은 바로크의 도래를 선언한다.

2장

의심의 확신: 데카르트의 『성찰』

신부를 뒤에 데리고 지하세계를 거의 무사히 통과할 뻔했던 오르페오는 일순간 찾아든 의심 때문에 그만 유리디체를 잃고 만다. 이제 이탈리아의 오페라 무대를 떠나 네덜란드 하를럼 시의 어느 민가에 들어가보자. 한 중년 남자가 서재 책상 앞에 앉아 홀로 사색에 잠겨 있다. 무엇을 생각하는 것일까? 그는 그렇게 생각에 잠긴 자기 자신에 대해 벌써 며칠째 열심히 생각하고 있다. 과연 내가 보는 것과 느끼는 것, 생각하는 것이 사실일까, 진실일까? 의심과 의문이 끝없이 그를 엄습한다. 남자는 이 의심들을 회피하지 않는다. 오히려 그 의심 속에서 진실을 찾아내고야 말 작정으로 연일 생각에 진력한다.

그의 이름은 르네 데카르트, 종교전쟁의 여파로 여전히 분위기가 어수선하던 프랑스를 떠나 상대적으로 사상과 학문의 자유를 누릴 수 있는 이웃 개신교 국가 네덜란드에 장기체류중이다. 물려받은 재산이 좀 있는 덕에 밥벌이 걱정은 안 해도 된다. 그는 이제껏 수학이나 과학의 난제들을 풀고 해명하는 데 많은 시간을 할애했다. 그러나 늘 한편으로는 이성과 존재 그 자체에 대한 탐구를 하고 싶었다. 그러한 철학적 사유는 프랑스어로 쓴 『방법서설Discours de la méthode』(1637)에 일부 담겨 있고, 거기서 도출된 "나는 생각한다, 고로 존재한다"는 명제는 훗날 유명세를 타고 유통될 터였다. 그러나 그는 에세이처럼 쓴 이 책에서보다 좀더 체계적으로 '나'와 '생각'과 '존재'의 문제에 대해 집중적으로 사유할 필요를 느꼈다. 분주한 대학도시 레이던을 떠나 하를럼에 오자 이를 실행에 옮길 여유가 생겼다.[21] 그는 그 사유의 결과를 프랑스 독자들이 아니라 유럽 지식인들을 겨냥해 라틴어로 쓴다. 그리고 『철학의 첫번째 문제에 대한 성찰Meditationes de prima philosophia』(1641. 이하 『성찰』로 약칭)이라는 제목으로 출간한다. 이제 그의 치열한 사유의 결과를 기록한 이 책의 논리를 따라가보자.

과연 '나'는 존재하는가? '나'는 '존재'의 세계를 인식할 역량이 있는가? '나'는 어떠한 '존재'인가? 이러한 일련의 문제를 풀어보려는 데카르트의 서재는 오르페오의 무대가 아니다. 고아한 음악소리도, 화려한 무대장치도, 관객의 갈채나 신비로운 신화도 그의 사유의 모험을 돕지 않는다. 오르페오에게는 유리디체를 구해내는 '행동'이 목표였지만 데카르트에게는 '행동'이 아닌 '앎'이 목표이니(1.11.15)[22] 이런 장치들은 없는 편이 낫다. 비장한 '성찰'의 도전은 워낙 중대한 사안이기에 그는 이 일을 하기에 가장 적절한 나이가 될 때까지(당시 그는 46세였다) 작업을 미루었고, 불필요한 감정의 동요에 방해받지 않을 여유가 생길 때까지 기다렸다.(1.1.17) 그리고 마침내 그는 침묵과 평정 속에 고요히 앉아 자신과 주변을 둘러본다. 지금 '나'는 "이곳에 있고, 화롯가에 앉아 있으며, 겨울용 실내 가운을 입고 손에 글을 쓸 종이를 들고 있다."(1.4.13) 과연 그러한가? 정말로 '나'는 '이곳'에 있고 화로가 내 곁에 있으며 종이를 들고 있는 게 정말 '나'인가? 만약 아니라면?

내가 지금 보고 느끼고 인식하는 것들이 모두 의심의 대상이 될 수 있다면 일단 그 의심을 끝까지 따라가봐야 한다. 그 의심을 그대로 놔둔 채 명확한 '앎'에 도달할 수는 없는 노릇이기에.

> 그렇다면 가정해보자. 절대적으로 선하고 진리의 원천인 하느님이 아니라 어떤 사악한 악령이 지극히 능력이 강하면서도 동시에 지극히 기만적이어서 그의 온갖 기교를 다 동원해서 나를 속이고 있다고 가정하자. 그래서 하늘, 공기, 땅, 색, 형체, 소리 및 바깥의 모든 대상이 꿈속의 환상에 불과하고 저 사악한 존재가 내가 순진하게 속아넘어가도록 깔아놓은 덫이라고 가정하자. 나는 손도, 눈도, 살도, 피도, 기타 그 어떤 감각도 없으며, 내가 이것들을 소유하고 있다고 잘못 믿고 있다고 가정할 것이다. 나는 이 생각을 일관되게 밀고나갈 것이다. 내가 진실을 아는 경지에 도달하는 것이 내 능력 밖이라면 적어도 내 판단을 정지시켜서, 허위를 받아들이고 이 사기꾼의 능력과 기교가 아무리 대단해도 그의 속임수에 넘어가지 않겠다는 뜻을 굳게 지켜나갈 것이다.(1.12.15)

'혹시 뒤에 유리디체가 없다면? 지하세계 대왕이 나를 속인 것이라면?' 이러한 오르페오의 의심과는 차원이 다른, 보다 근본적인 절대적 의심을 데카르트는 고집한다. 이 극단적 의심을 가동시키자 눈에 보이는 모든 것, 기억 속에 남아 있는 모든 것, 관습적으로 받아들이던 모든 생각이 실체가 아닌 환영으로 변한다. 유령은 햄릿에게 따라오라고 손짓한다. 그의 벗 호레이시오는 말린다. 홀로 서재에 앉아 있는 데카르트는 햄릿과 호레이시오 역할을 혼자 다 해야 한다. 이 의심의 유령을 쫓아갈 것인가, 말 것인가. 데카르트는 햄릿처럼 끝까지 의심의 유령을 쫓아가보기로 작정한다. 눈앞의 실체들이 속임수일 뿐이라고 믿는 데카르트는 유령의 존재를 의심하는 호레이시오이기도 하다. 어떻게 표현하건, 이 사유의 모험가는 일체의 타협을 거부한다는 점만은 분명하다. 데카르트는 다짐한다. 의심의 길로 끝까지 가보자. 기만의 길로는 한 발자국도 더 끌려가지 않겠다. 참된 '앎'을 얻지 못할지언정 '속임수'에는 넘어가지 않기 위해 내 신체까지 포함해서 '실체'라고 생각될 만한 것들은 모조리 허상이라고 가정하자.

그런데 '나'는 과연 존재하는가? '나' 또한 허상이 아닐까? '나'의 감각과 내 몸의 존재는 분명히 내 생각 속에서 의심할 수 있다. 이러한 의심을 '나'는 받아들이고 '나'는 거기에 설득된다. 그렇다면 '나'는 나의 존재 자체도 의심하는가? '나'는 존재하지 않는다는 생각에 '나'는 설득당했는가? 이 대목에서 데카르트는 결정적 반전을 도모한다. 극히 바로크적인 반전. 모든 것이 무너지고 암흑이 서재를 뒤덮고 사방에 '나'를 기만하는 사기꾼

악령의 조롱 섞인 웃음소리가 가득한 이 순간, 강렬한 빛이 어둠속을 뚫고들어온다. 귓가에 웅성거리던 조롱의 웃음소리는 일순간 비발디 콘체르토의 솔로 바이올린처럼 치솟는 선율로 전환된다. '나' 또한 존재하지 않는가?

> 천만에. 나는 확실히 존재한다, 왜냐하면 내가 설득을 당했기에. 내가 어떤 존재인지 알지는 못하지만 최고의 능력과 최대의 간교함을 갖춘 그가 끝없이 모든 재주를 부려서 나를 속이고 있다고 치자. 내가 속임을 당하는 것을 보면, 나는 존재한다는 것을 의심할 수 없다. 그리고 그가 나를 아무리 속이려 한다고 해도, 나는 있는 존재임을 내가 의식하는 한, 그는 내가 없는 존재이게 만들 수 없다. 그렇다면 결국 모든 사안을 차분하게 곰곰이 따져보면 '나는 있다, 나는 존재한다'는 이 명제는 매번 그것을 내가 표명할 때마다 또는 내 생각 속에 그것이 떠오를 때마다 반드시 진실이라고 주장해야 한다.(2.3.16)

'나'는 나의 신체와 감각을 포함한 모든 대상의 '있음'을 의심한다. 그런데 바로 이러한 극단적 의심의 순간, '생각' 속에서 그러한 의심을 하는 '나'는 분명히 '있었음'을 부인할 수 없다. '나'가 아니면 누가 의심한 것이겠는가? 나를 속이는 악령은 의심하지 않는다. 그는 모든 것을 순진하게 받아들이도록 온갖 재주를 동원하는 존재이니 말이다. 의심하는 나의 사유는 바로 나의 고유한 몫이다. 그러나 이 사유의 내용들, 가령 '지금 내 앞에 책상이 있다, 내 손으로 지금 글을 쓰고 있다, 내 곁에 있는 화롯불이 타고 있다' 같은 생각들은 허위일지도 모른다. 이것들이 모두 허위일 수 있다는 생각을 하는 '나', 의심의 사유를 하는 나만이, 오로지 이 '나'만이 '나'의 진실이다. "나는 있다, 나는 존재한다"는 이 생각만이 '나'와 불가분의 관계에 있는 절대적인 나의 몫인 것이다.(2.6.18)

모든 것이 의심스럽고, 내 몸과 감각도 의심하는 경지에서, 나는 '나'의 '있음'을 확인해냈다. 나는 있는 '어떤 것', "생각하는 어떤 것res cogitans"이다. 오르페오는 의심 때문에 유리디체를 잃었다. 그때 의심은 비극과 파국의 씨앗이었다. 하지만 데카르트에게 의심은 비극을 피하게 해주는 구원자이다. 모든 것이 악령의 사기극일 것이라는, 일체의 '있음'이 사실은 '없음'일지 모른다는 의심은 '나'의 '있음'만은 의심할 수 없음을 확인시켜준다. 의심의 유령을 끝까지 쫓아가다 보니 이 유령이 햄릿의 유령처럼 진실을 밝혀준 것이다.

햄릿은 선친의 유령이 하는 말을 즉각 믿고 그대로 행동에 들어갈 수 없었다. 데카르트도 마찬가지다. 의심하는 '나'는 이 의심이라는 생각을 하는 한, '생각하는 어떤 것'으로서는 존재한다. 하지만 만약 바로 이렇게 생각하는 것도 악령의 작전에 말려든 것이라면? 이 생각이 착각이 아니기 위해서는 나의 사유능력을 악령이 준 것이 아니라 선한 절대자, 하느님이 준 것이어야 한다. 회의하는 '나'의 존재가 회의의 능력을 갖고 있는 한 '있는' 존재라는, 이 생각이 '참'인가? 그것이 진실이라는 보장은 '나'가 아닌 초월적 존재가 해주어야 한다. 그렇지 않다면, 모든 감각의 즐거움을 포기하고 의심을 통해 감각적 실체를 모두 헛것으로 만들어놓은 보람이 없다. 의심의 사유만은 내 것으로 챙겨두고 이 가냘픈 밧줄에 매달려 나의 '있음'을 확인하려는 '나'의, '의심하는 생각은 내가 하는 생각이고 따라서 나는 존재한다'는 이 생각마저 허위이고 속임수라면, '나'는 쥐고 있던 밧줄을 놓고 한없는 무의미와 암흑의 나락으로 떨어져버리고 말 것이다. 내가 아는 것도 믿을 수 없지만 내가 모른다는 것조차도 믿을 수 없다면, 믿을 것이라고는 아무것도 없는 의심의 악순환만 남는다.

'나'는 의심한다. 하지만 그렇게 생각하는 내가 꼭 존재하는 '나'라는 보장도 없다. 그것도 착각일지 모른다. 생각하는 '나'도 '나'가 아닌 것 같다. 다만 그러고 '싫어한다'는 것만 확실한 것 같다. '싫어하는' 나, 욕망하는 '나', 이 정도밖에는 확실한 게 없다. 이러한 논리는 우리 시대의 '정통학설' 중 하나가 되었다. 이것은 다름 아니라 프로이트가 제조한 정신분석학의 논리다. 그런데 '나'가 '나'가 아니면, 회의하고 생각하는 나도 '나'가 아닐지 모른다면, 프로이트라는 '나'의 생각만은 특별히 타당할 이유가 어디에 있을까? '나'(에고ego)가 아니라 '그것'(이드id)이 '나'의 실체라면, 프로이트 역시 프로이트의 '그것', 늘 '그것'만 생각하며 욕망에 탐닉하는 '그것'으로 환원되어야 할 것이다. 프로이트의 이론을 프로이트에게 적용한다면, 그는 우리를 계몽하려는 생각보다는 자신의 '그것'이 욕망하는 바를 생각했다고 해야 옳다. 상식과 윤리, 인간 존엄성에 대한 전통적 관념들을 일거에 뒤엎고 인간을 인간 이하의 '그것'으로 축소시켜놓으려는 욕구, 이러한 형국을 만들어놓은 자신의 이름을 남들이 칭

송하고 숭배하게 만들려는 욕구가 프로이트의 '그것'이 하는 생각의 실상이라는 결론을 회피할 수 있을까? 데카르트가 언급한, "어떤 존재인지 알지는 못하지만 최고의 능력과 최대의 간교함을 갖춘" 악령은 우리 시대에 와서 여러 이름을 사용한다. 그중 하나가 '정신분석'이다.

프로이트와 그의 후예들, 특히 라캉의 공격 목표는 '데카르트적 주체' 내지는 '코기토cogito'이다. 정신분석은 이 '코기토'가 근대적 주체의 전형이고 여기에 기초한 이성주의와 합리주의의 세계가 근대이며, 근대는 행복과 동시에 새로운 불행을 가져다주었으니 근대를 극복하려면 데카르트를 '극복', '거부', '해체'해야 한다는 논리를 설파한다. 정신분석처럼 데카르트를 공격하지 않고 지지하는 경우에도, 데카르트를 거론하는 담론들은 대부분 '데카르트적 주체'를 자족적이고 세속적인 '나 홀로'의 주체로서, 신으로부터 독립하여 인간이성에 합당한 세계를 구축하는 주역으로 이해한다. 말하자면 데카르트의 '코기토'에서 계몽주의의 원조를, 컴퓨터 시대 인공지능의 맹아를 발견하려 한다. 하지만 데카르트의 『성찰』로 돌아가면, 이러한 데카르트론의 타당성을 이내 의심하게 된다.

데카르트의 『성찰』은 '나'의 '있음'을 의심의 능력이라는 외줄에 매달아놓았다. 이렇듯 위태로운 '나'에게 '근대'라는 새로운 세상을 지탱할 역량이 있을까? 자기 몸이 있는지조차 확신하지 못하는데도? '회의의 사유'라는 구명보트에 올라 목숨을 유지하는 '나'는 홀로 서 있는 자족적인 '나'가 아니다. 이 '나'가 맞서야 하는, "최고의 능력과 최대의 간교함을 갖춘" 채 "온갖 재주를 부려서 나를 속이고 있"는 악령은, '속고 있다는 의심을 하는 나는 존재하는 나이다'라는 방어적 논리만으로 제압하기에는 너무나 막강하다. 이 지점에서 데카르트의 『성찰』에서 나타나는 두번째 바로크적 급전환이 이루어진다. 데카르트의 『성찰』 라틴어 제목에 부제까지 적으면, 'Meditationes de prima philosophia, in qua Dei existentia et animæ immortalitas demonstratur'이다. '철학의 첫번째 문제에 대한 성찰, 이를 통해 하느님의 존재와 영혼의 영속성을 제시한다'는 이 책 제목에서 하느님('Dei'는 기독교의 유일신을 지칭하기에 막연한 '신'이 아니라 '하느님'으로 번역하는 게 옳다)은 '철학' 다음으로 중요하게 등장하는 주역이다. '나'를 '하느님'에게 수직적으로 연결하는 바로크적 제스처는 '나'와 '나의 이성' 간의 수평적 관계만을 명상하고 싶은 논자들에게는 불만스럽거나 거북하기 마련이다. 하지만 데카르트의 원전에서 이 둘은 별개로 떼어놓고 생각할 수 없다.[23]

내 앞에 있는 종이의 존재가 진실로 있는 것인지도 확인할 수 없는 '나', 이런 나는 세상을 만든 존재가 아니다. 게다가 생각하는 나도 내가 만들지 않았다. 따라서 '생각하는 나는 있는 나이다'라는 이 생각도 내가 만든 것은 아니다. 내가 원조인 생각들의 대부분은 따져보면 그 근거가 의심스럽다. 그런데 만약에 "내 생각 중 어떤 것이건 그 객관적 사실성이나 완결성"이 워낙 뛰어나고 분명하다면, 그 생각의 원천은 의혹과 회의에 시달리는 '나'일 수 없을 것이다. 만약 이러한 생각이 내 안에 든다면, '나'에게서 나온 생각들은 다 미심쩍거나 불완전하기에, 이것은

"내가 이 세상에 홀로 있는 것이 아니라, 나 말고 또다른 존재가 그러한 생각의 원인으로 존재한다"(3.16.29)는 증거가 된다. 감각적 세계, 내 신체, 외부 대상 모두를 철저히 회의할 수 있는 '나'는 절대적 '무'를 사유할 뿐 아니라 절대적 무한성을 사유할 수 있다.(3.23.31) 나아가 '나'는 절대자 하느님의 존재를 생각할 수 있다. 그런데 이러한 생각은 온갖 감각의 혼란과 속임수에 노출돼 있는 '나'에게서 나왔다고 볼 수 없다. 이른바 '데카르트적 주체'가 '나 홀로 주체'가 아님을 데카르트 본인은 이렇게 분명히 밝힌다.

그렇다면 데카르트가 '나' 말고 또다른 생각의 출처로 지목한 '하느님'은 누구인가?

> '하느님'이란 말을 나는 무한하고 영원하고 불변하고 독립적이고 전지전능한 실체로 이해하는데, 나 자신과 존재하는 다른 모든 것이, 만약 존재한다면, 그로 인해 창조되었다고 생각하는 실체이다. 그런데 이러한 속성들은 워낙 위대하고 탁월한 것이어서 내가 이것들을 주의 깊게 살피면 살필수록 이들 속성에 대한 생각을 하는 원인이 나한테만 있다고 믿기는 점점 어려워진다.(3.22.31)

이 대목에서 우리는 데카르트가 '철학과 출신'이 아니라 기본적으로 과학자이자 수학자임을 기억할 필요가 있다. 자기를 찾아온 신경증 환자들을 상대하다 모든 인간의 실상을 발견했다며 변죽을 올린 정신과 의사 프로이트와는 달리, 그는 우주와 물리를 수리적으로 탐구해온, 우리 현대인이 그토록 숭배하는 과학자였다. 그가 말하는 완결성과 전지전능함, 불변성, 영원함의 실체로서의 하느님은 몽상가나 종교인이 생각해낸 것이 아니다. 애초에 모든 것을 철저히 의심하고, 의심으로서의 사유를 통해 '나'의 있음을 확인하는 과정과 밀접하게 연관되어 있는 전제가 그런 하느님이다. "내가 의심하고, 뭔가 내게 부족함을 인지하고 이를 아쉬워하는 이유"가 무엇일까? 눈에 보이는 실상이 허상일 수 있다는 의심은 왜 하는가? 그것은 보다 높은 차원의 실체, 보다 완벽한 존재의 가능성을 감지하기에 가능한 것 아닌가? 나 자신이 "전적으로 완벽하지 않은 형편"에서 "나보다 더 완벽한 존재와의 비교를 통해 나의 속성에 이와 같은 결함들이 있음을 인지하는 것 아닌가?"(3.24.31) 과학자 데카르트의 말을 좀더 들어보자.

> 나는 이러한 (불완전한) 속성의 존재임에도, 하느님에 대한 개념이 내 정신 속에 들어올 수 있음을 보면, 만약 하느님이 실제로 존재하지 않았다면, 내 정신 속에서 이 같은 하느님을 이렇게 개념화할 수가 없었을 것임을, 온갖 고매한 완벽함, 내 정신이 어렴풋이 감은 잡을 수 있어도 완벽하게 파악할 수 없는 그런 완벽함을 소유하고 있고 모든 결함으로부터 자유롭고 불완전한 요소들은 전혀 갖고 있지 않은 그런 존재에 대한 생각을 가질 수 없었을 것임을 인지한다.(3.38.35)

다시 강조해두자. 이른바 '데카르트적 주체'나 '코기토'는 결코 자족적이고 완벽한 이성적 주체가 아니다. 그것은 다만 자신이 인식하는 바가 허상이고 허위일 수 있음을 인지하는 능력일 뿐이다. 그밖에 '코기토'가 할 수 있는 일은 별로 없다. 유한한 존재가 근본적 의심을 할 수 있다는 사실은, 회의하는 존재의 '있음'뿐 아니라 그러한 회의의 전제가 되는 보다 완벽한 초월적 질서에 대한 개념이 그의 안에 내재해 있음을 증언한다.

초월적 존재의 개념이 눈에 보이는 감각적 세계의 유한성에서 유추된, 즉 인간이 '만든' 개념이라면, 절대적 선함과 완벽함과는 거리가 있는 모습일 수밖에 없을 것이다. 가령 오르페우스 신화를 물려준 그리스와 로마 고전문명의 여러 신들은 그 심성이나 행위 면에서 인간과 별 다를 바가 없다. 그리스 고전에 등장하는 신들은 지극히 사사로운 감정에서 특정 인간을 편애하거나 미워하며 사람 목숨을 갖고 장난치는, 그야말로 "최고의 능력과 최대의 간교함을 갖춘" 존재들로 그려진다. 오르페오가 유리디체를 데리고 지옥 밖으로 나간다고? 웃기는 소리! 하지만 우리가 무조건 안 된다고 하는 것보다 제 놈의 실수로 망하게 하는 게 더 재미있지 않겠어? 그래서 인간이 제 실수로 망하는 비극을 보며 인간들은 '카타르시스'를 느낄지 모르나, 비극을 공연하는 디오니소스 축제의 주인 디오니소스는 하데스 신과 술을 마시며 조롱의 웃음을 뱉는다. 그러나 데카르트의 하느님은 이렇듯 성미 고약한 '만들어진 신'이 아니다. 데카르트의 『성찰』에서, 유한한 세계의 진실성에 대한 의심이 하느님에 대한 믿음으로 전환되는 과정의 토대는 진정한 신은 모든 면에서 완벽하고 선한 존재일 것이며, 그러한 존재를 생각해내는 것이 이성적으로도 얼마든지 가능하다는 전제이다. '나'는 회의하므로 나의 존재를 확인하지만, 동시에 회의할 수 있음은 절대적 선과 완벽함에 대한 인식이 내 안에 들어와 있기 때문이다. 그것마저 부인한다면, 데카르트도 다른 시정잡배들처럼 이 무익한 사유를 집어치우고 서재에서 나가 속고 또 속이고, 헛것 앞에서 헛짓을 일삼는 삶의 '디오니소스 축제'에 동참하는 편이 나을 것이다.

그런데 절대적으로 선하고 전지전능한 하느님이 존재하는데도 불구하고, '나'는 보이는 것들과 느끼는 것들로부터 기만당하고 허상을 실상으로 오해한다. 왜 그러한가? 그것은 "하느님이 내게 주신 진실을 오류로부터 분간해내는 능력이 무한하지 않기"(4.4.38) 때문이다. 하느님이 영원하고 무한한 존재라면 창조물들에게도 그와 같은 속성을 주었어야 마땅하지 않은가? 불완전한 분별력을 줘서, 진실을 추구하려다가 허위에 기만당하도록 방치하는 존재라면, 인간들의 실수와 작태를 조롱하는 그리스 신들과 다를 게 무엇인가? 감각적 세계가 혹시 악령의 장난이 아닐까 의심하던 단계에서, 그러한 의심 속에서 '나'의 '있음'을 확인하는 단계를 지나, '생각하는 나'의 의심은 '무한·완벽·완결'한 절대자에 대한 개념이 전제된다는 생각에까지 이르는 과정은 '생각'과 이성의 영역에서 진행된다. 그러나 이성의 모험은 한계에 부딪힌다. 왜 원인인 하느님은 완전한데 결과인 '나'는 불완전한가? 이성이 끌고갈 수 있는 지점은 여기까지다. 그다음부터 '나'는 '계시'의 안내를 따라야 한다.

그런데 하느님은 완전하지만 나는 불완전하다는 생각이 걸림돌이 아니라 출발점이 된다면? 데카르트보다 약 한 세기 전에 태어난 칼뱅은 인간의 근본적 한계를 적극 인정하는 것을 모든 논리의 전제로 삼았다. 칼뱅의 주장은 그의 대표저작인 『기독교 강요 Institutio Christianae religionis』에서 힘주어 강조하듯 새로 만든 논리가 아니다. "근 천 년간 수도원 벽 안에 갇혀 있던"(2.2.5)[24] 인간의 원죄와 타락의 교리, 성 아우구스티누스와 사도 바울의 가르침을 다시 복원했을 뿐이라는 것이다. 하느님은 처음에 인간을 완벽하게 창조했었다. 그 완벽함에는 자유의지도 포함된다. 그런데 인간은 이 자유의지를 남용해 하느님의 계율을 어기고 나아가 창조주의 위치를 탐했다. 인간을 유혹하는 사탄은 첫 인간들에게 하느님이 금지한 선악과를 먹으면 "너희의 눈이 밝아져서 하느님처럼 선과 악을 알게 될"[25](「창세기」 3:5) 것이고, 그래서 이를 경계한 하느님이 선악과를 금지했다는 이론을 편다. 그러나 이들이 선악과를 먹은 결과는 기대한 것과는 정반대였다. 노동과 해산, 분란, 살인, 시기, 그리고 데카르트가 고민한 망상과 착각이 하느님께 도전한 인간의 몫이 되었다. 그렇다고 창조주에 대한 기억과 개념이 완전히 없어지지는 않았다. 칼뱅의 말을 들어보자.

> 우리의 비천함 자체가 하느님에게서 나오는 무한한 축복을 더 잘 보여준다. ……왜냐하면 인간들 세계에서는 온통 불행만을 발견할 따름이고 우리는 신성한 옷이 벗겨진 채 우글거리며 악행들을 수치스럽게 드러낼 뿐이기 때문이다. 그렇기에 우리들 각자는 자신의 불행을 뼈저리게 인식하는 만큼 하느님에 대한 지식을 적어도 약간씩은 갖게 되기 마련이다. 따라서 우리 자신의 무지, 망상, 빈곤, 변

덕, 그리고 더 나아가 타락과 부패를 감지할 때, 우리는 지혜의 참 빛, 온전한 미덕, 모든 선함의 풍족함, 의로움의 순수함은 오로지 하느님에게만 있음을 인지하게 된다.(1.1.36-37)

반종교개혁 시대 프랑스인 데카르트는 종교개혁가 칼뱅의 숙적이던 "소르본의 궤변론자들"(2.2.13)에게 『성찰』을 헌정("시극히 현명하고 지명힌 파리 대학 신학대 학장 및 박사들에게")하고 있으니, 이 둘을 한편에 놓고 비교하는 것은 부당해 보일지 모른다. 내용상으로도 칼뱅이 생각하는 인간의 한계는 데카르트가 고민하는 인식론의 차원을 훨씬 더 넘어서서 존재의 모든 영역에 걸쳐 있다. 하지만 유한한 인간이 자신의 유한성을 둘러보는 가운데 절대자에 대한 인식에 도달한다는 논리는 데카르트와 칼뱅이 공유하는 지점이다. 인간의 불완전함과 한계를 창조주 '설계자'의 부실공사가 아니라 오로지 인간의 자유 탓으로 돌린다는 점도 마찬가지다. 물론 인간의 타락을 총체적이고 원초적인 상황으로 보는 신학자 칼뱅과 비교할 때 과학자이자 철학자인 데카르트의 표현은 좀더 섬세하다. '의지력'이나 '인식력'은 하느님이 내게 준 선물로서 그 자체에 결함이 있을 수 없다. 다만 내가 기만당하고 허위에 빠지는 이유는 내가 "인지력보다 훨씬 더 멀리 퍼져나가기 마련인 의지력을 인식력의 한계에 묶어두지 못하므로, 자신이 이해하지 못하는 대상들에게도 욕심을 내게 하여…… 진실 대신 허위를, 선 대신 악을 선택하는 오류와 죄에 쉽게 빠진다"(4.9.40)는 것이다. 따라서 집중적이고 반복적인 사유의 훈련을 통해 우리는 인식을 적절한 범위 내에 묶어두어 허상에 빠지지 않도록 할 수 있다고(4.16.43), 다시 말해 생각이 감각을 통제할 수 있다고 데카르트는 믿는다.[26]

말하자면 데카르트는 다음 세기 칸트의 '비판철학'의 방향을 이미 제시한 셈이다. 인간의 인지 역량의 속성과 한계를 비판적으로 파악해 적법한 범위 내에서 권한을 행사하게 하자는 칸트식의 제한적이고도 자기비판적인 이성주의는 데카르트의 『성찰』에서 파생한다. 그러나 계몽주의와 프랑스혁명 시대를 산 칸트는 인간이 애초에 왜 완벽할 수 없는지, 왜 한계를 타고났는지에 대해서는 말하지 않는다. 신의 존재 또한 세번째 비판철학서인 『판단력 비판』의 '목적론적 판단'에서, 말하자면 '신의 존재를 가정하는 것의 이점'을 인정하는 수준에서 받아들일 따름이다. 하지만 데카르트의 『성찰』은 아직 절대자와 절대자 앞에 선 인간의 타락과 한계를 생생하게 느끼고 인정했던 바로크 시대의 목소리를 담고 있다. 이 시대는 게다가 하느님의 이름으로 자행된 유혈사태, 프랑스 종교전쟁의 피비린내나는 기억이 햄릿 선친의 유령처럼 아직 떠돌아다니던 무렵이다. 회의하는 사유의 모험은 데카르트의 안락한 서재에서만 전개되었던 것은 아니다. 몬테베르디의 만토바 무대에서 데카르트의 하릴럼 서재로, 다음 장에서는 다시 종교전쟁 시대 전쟁터를 목도했던 귀족 몽테뉴에게로 돌아가서 격동기를 견뎌낸 또다른 '나'의 성찰을 살펴보기로 하자.

2막

독백

『햄릿』에는 유달리 독백이 많이 등장한다. 물론 주연 배우가 무대에서 혼잣말로 중얼거리는 것 자체에 특별한 점은 없다. 자신의 심리상태나 의도, 행동의 방향 등을 관객에게 말해주는 장치로서의 독백은 고대 그리스 연극에서부터 사용되었다. 『햄릿』뿐 아니라 셰익스피어의 다른 비극에서도 독백 한두 개는 빠지지 않는 메뉴이다. 셰익스피어의 인물들은 극적 전환점이나 결정적 순간에서 곧 취할 행동을 암시하는 대사를 독백에 담는다. 잠든 데스데모나를 죽이기 직전의 오셀로가 좋은 예이다. 그런데 『햄릿』에서는 셰익스피어의 다른 비극과는 달리 독백이 플롯에서 벗어나 그 자체로서 중요하게 부각된다. 『햄릿』의 기본 플롯은 유령이 출현한 후 유령의 분부를 실행하는 것일진대, 주인공의 독백은 심지어 플롯을 지연시키기도 한다.

총 5막으로 구성된 『햄릿』에는 주인공 햄릿의 독백이 총 여섯 개 나오는데, 그 숫자부터 예사롭지 않다. 플롯이 파국으로 돌아서는 전환점인 3막에서는 독백이 무려 세 개나 나온다. 속히 행동에 들어가지 않고 독백만 해대는 햄릿의 모습은 연출가에게는 곤란한 난제일 뿐더러, 관객이 그를 '우유부단한' 성격으로 오인할 소지가 된다. 햄릿은 왜 독백을 할까? 『햄릿』의 독백은 어떤 역할을 하는가? 먼저 각 독백의 대략적 내용과 플롯상의 위치를 살펴보자.

첫번째 독백은 1막 2장, 햄릿이 부친의 유령을 만나기 전, 어머니가 아버지 사망 후 두 달 만에 시동생과 결혼한 사건에 대해 불편한 심기를 토로하는 내용이다. 이 사실은 이미 같은 장 앞부분에서 새로 등극한 왕이자 형수의 새 남편이 된 클로디어스의 공식적 발언을 통해 관객들에게 다 밝혀졌다. 따라서 이 독백이 플롯의 진전에 기여하는 바는 별로 없다. 나라의 안정을 위한 불가피한 선택이었다는 클로디어스의 입장을 비판하는 측면이 없는 것은 아니지만 주로 어머니한테만 화살을 겨냥하고 있으니, 이 독백에 근거해 이후 햄릿이 클로디어스에게 대항하는 어떤 행동을 취하리라 예측하기는 어렵다. 그렇긴 해도 이 독백은 막 등장한 햄릿이 어떤 성향의 사람인지 알게 해주는 효과는 있기에 플롯과의 연관성이 전혀 없지는 않다.

두번째 독백은 2막 2장에 나온다. 유령을 만나고 난 후 첫 독백이다. 폴로니어스와 길덴스턴, 로젠크란츠, 연극배우 등 여러 인물과 대화를 한참 주고받은 후에, '나는 왜 행동에 들어가지 못하는가?'라며 반성하는 것이 이 독백의 내용이다. 이 독백 끝부분에서 연극을 이용해 유령의 주장을 검증하는 방법을 생각해내기에, 이 경우는 플롯의 발전에 직접 기여하는 독백이다.

세번째 독백, 햄릿의 독백을 대표하는 '죽느냐, 사느냐' 독백은 이와는 정반대이다. 2막 2장에 이어진 3막 1장 도입부에서는 햄릿과 관련된 여러 인물이 햄릿의 이상한 행실에 관해 대화를 주고받는다. 그들은 햄릿이 이상해진 이유가 오필리아 때문이라는 설을 확인해보려고, 오필리아를 미끼로 던진 후 몰래 살펴보기로 한다. 햄릿은 무대로 걸어 들어오자마자 이 유명한 독백을 늘어놓는다. 그다음 오필리아를 발견하고는 폭언을 퍼부어 그녀의 마음을 상하게 한다. 이를 숨어서 지켜본 클로디어스는 햄릿의 이상 행동이 오필리아에 대한 사랑이 아니라 다른 데서 기인한다고 판단하고, 더욱더 그를 경계한다. 이 두 장면 사이에 낀 '죽느냐, 사느냐' 독백이 플롯에 기여하는 정도는 기껏해야 '햄릿은 사실 멀쩡한 정신을 갖고 있다'는 점을 상기시키는 것이겠으나, 방금 전 2막 2장에서도 멀쩡한 독백을 보여줬으니 굳이 그럴 필요는 없다. 오히려 독백이 없었다면 오필리아에 대한 햄릿의 반응을 살펴보겠다는 작전이 곧장 실행될 수 있으므로 플롯의 진행이 더 신속했을 것이다. 따라서 이 독백은 플롯을 지연시키는 결과만 낳는다. 이런 점이 걸려서 이 독백을 빼거나 아니면 다른 데로 돌리거나 하는 연출이 예전부터 줄곧 있었다.

네번째와 다섯번째, 여섯번째 독백은 플롯의 중심 문제인 복수와 관련되어 있다. 네번째는 3막 2장에서 극중극으로 클로디어스의 죄의식을 확인한 후 어머니에게 가기 직전 복수의 의지를 다지는 비교적 짧은 대사이다. 다섯번째는 어머니에게 가는 길에 클로디어스가 무릎을 꿇고 기도하는 모습을 보며 '지금 죽일까? 아니야, 기도할 때 죽이면 영혼을 천국으로 보낼지 모르니 안 돼'라며 복수를 미루는 내용이다. 사건 진행과 직접적 관련성이 있는 독백이다. 게다가 이 독백 바로 앞에서 죄의식에 시달리는 클로디어스의 독백이 나오기에, 관객의 동정을 얻으려 벌이는 두 독백 간의 경쟁 내지는 '대결'의 측면도 없지 않다. 양심의 가책에 시달리는 클로디어스의 모습을 본 직후에 햄릿이 곧장 그를 죽이는 것은 관객이 받아들이기 어려울 수 있기에, 햄릿은 그냥 지나쳐간다. 그 덕에 플롯은 3막을 넘어 5막까지 진행된다. 마지막 독백은 4막 4장에 나오는데, 이 독백은 2막 2장 두번째 독백과 닮은꼴이다. 포틴브라스가 뚜렷한 명분도 없는 전쟁에 순전히 명예를 위해 출정한다는 소식을 듣고, '나는 뭐하는 건가? 명분도 분명한 처지인데'라며 다시금 복수를 다짐하는 내용이다.

이를 종합하면, 대부분의 독백은 햄릿의 성격을 드러내거나 사건 진행에 기여하는 등 플롯과 어느 정도 연관성을 보이지만, 세번째 독백 '죽느냐, 사느냐'만 유일하게 동떨어진 하나의 '문제'로 남는다. 이 유명한 독백을 다루기 전에, 이 작품에서 독백의 양적·질적 중요성에 대해 먼저 논해야 할 것이다. 햄릿뿐 아니라 그의 적인 클로디어스도 독백을 통해 자신의 심정을 관객에게 알린다. 다른 배우들이 듣지 못하도록 관객에게만 말하는 '방백'까지 포함하면 클로디어스는 두 번의 혼잣말을 하고, 햄릿의 모친도 한 번 방백을 한다. 이렇듯 독백이 유달리 큰 비중을 차지하는 이유는 무엇일까?

앞서 「프롤로그」에서 밝혔듯, '바로크 시대'의 시발점은 종교개혁이다. 종교개혁은 교황과 교회, 성모 마리아를 비롯한 각종 성인들, 연옥, 성물 등 개인과 하느님 간의 온갖 중재자를 대부분 제거했다. 유일하게 남은 것이 성서와 십자가, 그리고 설교자로서 사제의 역할이다. 특히 고해성사를 들어주고 죄를 면해주는 사제의 역할이 사라진 점은 독백과 종교개혁의 인연을 담보한다. 자신의 죄와 고민을 털어놓고 들어줄 고해신부가 없기에, 신도는 모든 것을 혼자 해결해야 한다. 자기가 자신에게 심적 고통과 번민을 털어놓아야 하는 것이다. 기도 또한 소리내어 낭독하거나 따라하는 정해진 기도문이 아닌 각자 개인의 침묵기도로 변하면서, 하느님을 향한 '독백'의 형태를 띤다.

『햄릿』에서 고해성사의 폐기와 독백의 연관성을 보여주는 예는 가장 심한 죄인인 클로디어스의 방백 및 독백이다. 형을 몰래 죽이고 왕권과 형수를 차지한 클로디어스는, 폴리니어스가 지나가는 말로, "헌신적인 얼굴로 경건한 행동을 하면서도, 악마 그 자체를 사탕으로 덮어버리는 경우가 얼마나 많은가"(3.1.47-49)라고 하자 고개를 돌리고 이렇게 혼잣말을 한다. "아, 너무나 맞는 이야기다. 저 발언이 내 양심을 참으로 예리하게 후려치는구나!"(49-50) '양심[conscience]'은 종교개혁과 개신교의 핵심 용어 중 하나이다. 바로 이 양심이라는 단어를 주춧돌 삼아, 각자 하느님이 주신 양심에 따라 소신껏 믿고 행동하면 되는 것이지 교황이건 주교건 성인이건 사제건 간섭할 일이 아니라는 논리가 세워진다. 그러나 이러한 논리는 자산이 되는 동시에 부채가 되기도 한다. 이 논리에 따르면, 각자 양심에 따라 자신의 죄를 책임져야 하며, 교황이건 주교건 성인이건 사제건 그 누구도 그를 도울 수 없기 때문이다. 죄질이나 양심의 가책 정도가 클로디어스보다 훨씬 가벼운 왕비 거트루드도 아들이 찾아와 심한 추궁을 하자 죄의식에 시달리는 '개신교적 고독'의 증상을 보인다. 4막 5장, 부친이 죽은 후 미쳐버린 오필리아를 보면서 그녀는 혼자 중얼거린다. "나의 병든 영혼에는 죄의 참된 속성 그대로, 사소한 것 하나하나가 어떤 큰 탈로 이어질 조짐같이 보이는구나. 죄의식은 숨길 수 없는 걱정으로 우리 마음을 가득 채우고, 혹시 그것이 새어나갈까 두려워하므로 오히려 걱정이 새어나가게 한다."(4.5.17-20) 여기서 '죄의식'은 그녀의 두번째 남편이 말한 '양심'이 부채로 전환된 형태이다. 이 영혼의 부채는 영혼을 병들게 하는 병마이다. 참회 기도를 통해 그 병마에서 벗어날 수 있으나, 클로디어스는 기도를 시도해도 말이 나오지 않는다. 그가 지은 죄의 짐을 덜어줄 사제가 없으니 죄의식에 신음하는 영혼을 홀로 치유하려 하지만 어림없다. 햄릿이 꾸며낸 연극을 보다가 심기가 불편해져서 자리를 박차고 떠난 그는 다음과 같은 독백을 한다.

> 아, 나의 죄는 썩어서 그 악취가 하늘에 닿는구나.
> 형제를 죽인, 최초 살인의 저주가
> 거기에 붙어 있구나. 기도를 할 수가 없다.
> 하려는 의지나 기분, 둘 다 매우 강하건만.
> 나의 죄의식이 훨씬 강해서 내 의도를 물리치니,

나는 두 가지 업무에 동시에 묶인 사람처럼,
먼저 무엇을 시작해야 할지 몰라 머뭇거리다가,
둘 다 못하고 만다.(3.3.36-43)

그는 이 독백 마지막에서 "아 처참한 처지구나! 죽음처럼 시꺼먼 가슴이구나!"(67) 하며 한탄하다가 "도우소서, 천사들이여!"(69)라고 외쳐보지만 아무도 그를 돕지 않는다. 천사와 성인, 고해성사 사제가 모두 제거된 황량한 벌판 위에 '나' 홀로 서 있는 까닭이다. 그 어두운 바로크 화폭에는 오로지 절대자의 심판의 빛줄기만이—키아로스쿠로chiaroscuro 기법[27]이 표현하듯—그의 고통받는 영혼에 내리쬔다.

자신의 고민을 들어줄 사람, 영혼의 고통을 덜어줄 사제가 없는 상황에서 오로지 혼자 모든 것을 해결해야 하는 처지이기는 햄릿도 마찬가지다. 앞서 지적했듯 플롯의 진행에 별로 기여하는 바 없는 『햄릿』의 가장 유명한 독백, '죽느냐, 사느냐'의 논리는 사실 단순하다. "To be, or not to be"라는, 말 그대로 번역하면 '존재할 것인가, 아니면 존재하지 않을 것인가'라는 형이상학적 문제제기는, 이어지는 설명을 들으면 "황당한 운명"의 공세를 당하고 있을 것인지, 아니면 "난리법석이 난 바다에 무기를 들고 맞설 것인지"(3.1.58-59)라는 정치적 문제로 즉각 전환된다. 햄릿은 곧 "죽는 것, 잠드는 것"(60)이라는 제3의 해결책을 생각해낸다. 그러나 당하지도, 싸우지도 않고 그냥 조용히 자살한다는 세번째 안은 받아들이기가 어렵다. 1막 2장의 독백에서처럼 "하느님이 자살을 금지"(1.2.132)해서만이 아니라 "그 죽음의 잠 속에서 어떤 꿈이 우리에게 올지 모르기" (3.1.66) 때문이다. 이 문제에 대한 전통적인 교회의 대답을 확신하지도 못하고 완전히 의심하지도 못하는 어중간한 상태에서 사람들은 온갖 고초를 당하면서도 참고 현세를 살아간다.

> 아무도 그 영역에서 돌아온 적 없는
> 알려지지 않은 그 나라가 의지를 혼란시켜서,
> 우리가 현재 겪는 해악들을 참을지언정,
> 우리가 알지 못하는 해악들로 도망가지 못하게 하는 것 아닌가?(79-82)

햄릿은 존재와 구원, 죽음, 내세의 문제를 자기 스스로 판단하고 해결해야 하는 종교개혁 및 그 이후 시대 '나'의 고독과 번민을 독백의 형태로 표현하고 사색한다. 여기서 독백은 해결까지는 아니어도 그 부담은 해소하는 기능을 한다. 문제제기와 해답의 모색이 대답으로 이어지지 못해도 그 과정 자체가 '대안'은 될 수 있는 세계는 몽테뉴의 『수상록Essais』(제목을 말뜻 그대로 옮기면, '탐색', '시도')이나 새뮤얼 피프스의 『일기Diary』에서 지속적이고 반복적인 글쓰기로 구축되어 있다. 이들 또한 독백하는 햄릿의 '친구들'이다.

3장

"나 자신을 드러내려": 몽테뉴의 『수상록』

데카르트의 『성찰』은 '나'의 사색과 성찰을 기술한다. 『성찰』을 라틴어로 썼던 데카르트는 유럽의 지식인들을 청중으로 삼아 하나의 긴 철학적 독백을 연기했다. 라틴어에서 '나'를 지칭하는 대명사는 동사의 형태에 반영된다. 물론 강조 용법에서는 'ego'가 사용된다. 예를 들어 가장 핵심적 명제 "나는 있다, 나는 존재한다"(2.3.17)의 원문 "Ego sum, ego existo"는 'ego'를 두 번씩이나 강조하는 강한 수사적 효과를 노린다. 이 '나'는 르네 데카르트라는 특정 개인이기도 하지만 생각하는 존재로서 인간의 '대표선수'인 '나'이기도 하다. 철학의 가장 일차적이고 중요한 문제에 대한 성찰의 모험을 모든 '나'들을 대표해서 수행하는 명철한 두뇌의 소유자 데카르트, 그는 사색의 영웅이다.[28]

반면에 몽테뉴의 '나'는 몽테뉴 자신이다. "나는 존재한다"는 명제의 의미는 데카르트의 전기를 알아야만 파악할 수 있는 것은 아니다. 하지만 몽테뉴의 『수상록』 속 '나'는 일차적으로 특정 시대와 특정 배경, 특정 환경을 산 유일한 개인 미셸 드 몽테뉴이기에, 그의 개인사를 간략하게나마 살펴볼 필요가 있다.

몽테뉴는 엄밀히 말하면 바로크 시대 인물은 아니다. 1533년에 태어나 1592년에 사망했으니 칼뱅보다는 한 세대 뒤 사람이지만 데카르트(1596년생)가 세상에 나오기 전에 이미 이 세상을 떠났다. 그런데도 몽테뉴가 이 책의 한 자리를 차지한 이유는 그가 '나'의 불명확함, 불안정성, 가변성, 모순성 등의 바로크적 증상들을 지속적으로 탐구한 '바로크적' 저자이기 때문이다. 프랑스 문학의 경우, 르네상스의 특징으로 패기와 야심, '카니발적' 에너지, 인간성 및 인간 신체에 대한 자신감과 탐닉, 불경스런 세속주의를 꼽는다면, 그 대표 작가로는 거인 가르강튀아와 팡타그뤼엘의 식욕과 색욕, 배설 이야기에 온갖 풍자와 과장을 곁들인 프랑수아 라블레(1494-1553)를 들 수 있다. 몽테뉴는 중세 기사도의 무용을 자랑으로 여기던 전통귀족 집안에서 태어났으니 라블레와는 계층과 기질이 다르다. 몽테뉴가 성장할 당시 프랑스 귀족사회는 중세적 무용의 가치만을 신봉하지 않고 인문주의적 교양의 가치를 수용하기 시작하던 시대였다. 몽테뉴는 이렇듯 학식과 교양을 갖춘 '기사'로서 귀족의 모습을 멋지게 구현하고 있고, 그 점에서 그는 르네상스의 인문주의적 전통을 풍족히 계승한다.[29] 라틴어를 모국어처럼 구사했다는 인물답게, 그의 『수상록』에는 라틴어와 그리스어 고전 인용이 수없이 등장한다. 그러나 몽테뉴에게는 라블레적 힘의 과시와 파격, 도전, 환상의 비약이 없다. 고전시대 신들이 라블레와 함께 새로운 시대의 거인들로 ('르네상스re-naissance'의 축자적 의미대로) 다시 태어났으나 그들의 시대도 금세 쇠퇴하기 시작했다. 이탈리아 르네상스에 매료되어 늙은 레오나르도 다 빈치를 프랑스로 데려와 돌보며 스승으로 모셨던 프랑수아 1세가 사망한 1547년 이후, 프랑스는 긴 혼란과 분란의 시대에 접어든다. 라블레의 작품은 저잣거리 술판의 객기와 호탕한 디오니소스적 웃음소리로 가득한 반면, 몽테뉴의 『수상록』에서는 그가 살던 아키텐 지방의 조용한 귀족 저택 정원의 숱한 나뭇가지를 스쳐가는 바람소리가 들린다.

하지만 몽테뉴의 시대에 프랑스 땅은 바람소리보다는 대포소리와 돌격, 분노, 학살의 고함소리로 가득했다. 프랑수아 1세 사망 후, 어렵사리 유지되던 칼뱅파 귀족들과 정통 가톨릭파 귀족들 간 무력 충돌이 1562년부터 본격화되기 시작했던 것이다.[30] 몽테뉴는 이 대결에서 전통적 질서를 유지하려는 쪽을 지지했다. 그는 1562년 루앙 포위 전투에 참여했고 보르도 '파를망Parlement'(최고 의회 겸 법원)의 일원으로 활동하는 등 군인이자 정치인으로서 격동기 프랑스의 정치·종교·사회 혼란을 생생히 지켜봤다. 보르도에서 그는 평생 가장 소중한 벗 에티엔 드 라 보에시를 만났다. 앞서 「프롤로그」에서도 언급했듯 이 두 사람의 정신과 정서는 기가 막히게 '궁합'이 잘 맞았으나, 이 우정은 1563년 에티엔의 사망으로 막을 내린다. 이후 몽테뉴의 삶과 글은 에티엔에 대한 그리움으로 짙게 물든다. 후대 독자들에게 두툼한 『수상록』을 남긴 것도, 영혼의 교감을 나눌 수 있는, 말이 통하는 벗이 사라진 빈자리를 채우려는 반복적 '시도essais'의 산물이라고 할 수 있다.

몽테뉴는 자신이 쓴 글들을 'essais'라고 불렀다. 이를 다른 나라 말로 옮기자면 어려움이 따른다. 한국과 일본에서 'essais'를 '수상록'으로 번역해온 관례를 따라는 게 무난하긴 하지만(이환의 번역서처럼 원어를 차음하여 '엣세'라고 하는 것은 대안이 되기 어렵다), '수상록'은 적절한 번역이 아니다. '그때그때 떠오른 생각'이라는 의미의 '수상'을 기록한 책이긴 하지만, 굳이 몽테뉴가 자신의 글 모음을 'essais'라고 부르면서 다시 새롭게 반복되는 '시도'의 연속, 그 탐색과 모색의 미완결성을 강조하려 했다는 점을 간과하는 것이 큰 문제이다. 『수상록』은 데카르트의 『성찰』이 아니다. 명징한 논리를 추론하기 위한 체계적 사유의 기록이 아닐뿐더러, 데카르트와는 달리 몽테뉴의 탐색은 언어적 재현, 인용과 표현의 중요성에 민감하다.[31] 게다가 이 '탐색'의 주체가 '나'이고 그 궁극적 대상도 '나'라는 점에서 『수상록』은 '나를 찾으려는 시도들'로 이해해야 마땅하다. 에티엔 드 라 보에시가 죽지 않았다면 굳이 침묵과 고독 속에서 글쓰기로 '나'를 찾아나설 이유가 없었을 것이다. 마음 통하는 벗과 대화하고 교류하는 즐거움을 만끽하며, '나'는 '나 자신'을 벗에게 맡겨두고 '나'를 벗에게 내어주면 되었을 테니 말이다.

몽테뉴의 '나 자신 찾기'는 공직에 묶여 있던 '나'로부터 '나 자신'을 격리시킨 후 본격적으로 시작되었다. 38세가 되던 1571년에 몽테뉴는 보르도 파를망 위원 자리를 사직하고 도르도뉴 영지 저택에 칩거한다. 그는 고금의 장서들이 벽을 가득

메운 멋진 서재에서 독서와 『수상록』 집필로 소일하며 유유자적했다. 그렇다고 그가 종교전쟁 시대 프랑스의 들끓는 현실과 완전히 담을 쌓은 것은 아니었다. 그의 사회적 위치나 상황이나 성격상 그럴 수는 없었다. 몽테뉴의 영지는 지리적으로 칼뱅주의자들의 본거지와 가까웠으나 그 자신은 전통 종파를 따랐다. 그러나 엄밀히 따지자면 그는 양측의 타협을 바라는 온건파에 속했다. 아버지에게서 물려받은 지병인 신장결석 치료차 이탈리아를 여행하던 중 그는 보르도 시장으로 선출되었고, 1581년에서 1585년까지 4년간 시장직을 수행했다. 시장으로서 그는 첨예한 종파 대립 시대에 합리적이고 온건한 중도 노선을 추구했다. 몽테뉴의 글에 등장하는 '나'는 세파를 피해 조용한 사색과 독서를 선호하는 사적 개인 몽테뉴이긴 하지만, 저자 몽테뉴는 공적 의무를 회피하는 비겁함과는 거리가 멀었다.

프랑스 종교전쟁은 모든 내전이 그렇듯 여러 가지 복잡한 요소가 중첩된 양상을 띠었다. 1562년에서 1629년까지 전투와 휴전이 되풀이된 이 내전에서 지방색과 최고 가문 간 권력투쟁, 국제정세, 군사기술 등은 순수한 종교적 신념 못지않게 중요한 변수였다. 가톨릭 세력과 칼뱅파 세력은 군사력이 비슷했고 동원할 수 있는 자원도 엇비슷했으므로 군사적 우위로는 전쟁을 끝낼 수 없었다. 그럼에도 어느 한쪽도 쉽게 타협할 기세가 아니었기에 전쟁은 지속되었다. 군사적 요인이 중요하긴 했지만 전쟁의 명분과 원인은 종교와 정치가 맞물릴 수밖에 없는 프랑스의 독특한 역사와 뒤엉켜 있었다. 프랑스에서 기독교 교회 및 교리를 칼뱅식으로 재편한다는 것은 단순히 교회 내부의 문제가 아니었다. 그것은 프랑스 국왕이 샤를마뉴 대제 이후 700여 년간 가톨릭교회를 수호하는 신성한 사명을 부여받았다고 믿는 '갈리아주의gallicanisme'를 폐기하자는 요구이기도 했다. 따라서 칼뱅의 종교개혁은 순수한 교리적 차원이나 교회 내 권력투쟁(성직자 조직, 수도원, 대학 신학부의 개혁 또는 폐기)을 넘어서서, 프랑스 왕정의 법통을 부인하는 체제전복을 의미했다. 칼뱅의 신학을 받아들인 주요 세력이 왕위계승 순위가 매우 높은 부르봉 가문이었기에 이러한 정치적 의미는 더욱 첨예하게 부각될 수밖에 없었다. 말하자면 프랑스 '종교전쟁'은 왕위계승 전쟁이기도 했다.

우리가 첫번째로 들어볼 몽테뉴의 목소리는 시대의 질병인 내전과 종교 이념의 대립에 대한 발언이다.

> 나는 그것이 어떤 얼굴을 취하건 간에, 신풍조la nouvelleté가 역겹다. 또 나는 그것의 처참한 파급효과를 직접 본 사람이니 당연히 그렇게 생각할 자격이 있다. 이렇듯 여러 해 동안 우리를 괴롭히는 신풍조가 이 모든 것을 야기한 원인이라고 볼 여지는 충분하다. 이것과 상관없이 그리고 거기에 반대해서 벌어진 해악과 파괴에 대한 책임도 신풍조에 돌려야 할 것이다.(「풍습에 관하여」 1.119)[32]

여기서 말하는 '신풍조'는 칼뱅파의 종교개혁을 지칭한다. "처참한 파급효과"니 "해악과 파괴"니 하는 말들은 종교전쟁의 참상을 일컫는다. 그 참상의 실상은 기독교의 하느님과 예수를 운운하는 자들로서는 도저히 용납하거나 이해할 수 없을 정도로 끔찍했다. 피차 상대방을 '사탄의 세력'으로 단정했으니 거기에 준해 대응한 셈이기는 하다. 하지만 당한 만큼 갚아주자는, 예수의 가르침과는 전혀 반대되는 논리에 의거한 보복과 복수의 악순환은 그 비인간적 만행의 꼬리를 길게 늘려놓았다.(복수의 문제, 햄릿이 고민하고 주저하는 '피에는 피'의 논리는 뒤에서 또 논할 기회가 있을 것이다.)

당하고만 있을 수는 없는 상황이 계속되면 그 누구건 맞서서 싸우는 게 당연하다. 그러나 최초의 원인이 칼뱅의 '신풍조'라는 것, 몽테뉴가 지적하듯 개혁론자들의 의도가 무엇이었든 이들의 개혁운동이 프랑스 전역에 걸쳐 장기간의 내란을 야기했다는 사실은 부인하기 어렵다. 또한 '나'와 '나'의 생각을 탐색하는 몽테뉴가 보기에, 그 누구건 '나'의 생각이나 신조가 공동체의 파괴로 이어지는 것은 허용될 수 없는 일이었다. 칼뱅파 지도자들에게 그는 이렇게 묻는다. "공공의 평화를 뒤흔들어야만 그것을 확립할 수 있을 정도로 자신의 의견을 그토록 높이 평가할 때에는 상당한 정도의 자기애와 자만심이 거기에 개입한 것"은 아닌가? "논란의 여지가 있는 오류와 싸운다며 명확히 누구나 해악으로 인정할 만한 상황", 즉 내전과 정치적 혼란을 야기하는 것이 과연 옳은가?(1.120) 햄릿의 세번째 독백 '죽느냐, 사느냐'에 나오는 딜레마, "황당한 운명"의 공세를 당하고만 있을 것인지, 아니면 "난리법석이 난 바다에 무기를 들고 맞설 것인지"(3.1.58-59)에 대한 몽테뉴의 대답은 '결정적이고 명백한 해악이 아닌 한 그대로 두자'이다. 행동의 정당성이 확고히 설 때까지 행동을 주저하고 조심하는 게 좋다고 믿는다는 점에서 몽테뉴와 햄릿은 '같은 편'에 서 있다.

물론 개신교도의 입장에서 볼 때 교회와 사회의 개혁은 단지 "논란의 여지가 있는 오류" 차원을 벗어나는, 지극히 중대한 실존적 차원의 문제이다. 그러나 몽테뉴가 보기에 문제의 핵심은, 개인의 신념이나 신앙이 엄청난 결과를 낳는 행동의 확실한 토대가 될 수 있는지 여부이다. 만약 그렇지 않다면 생각이 확고한 '믿음'의 형태로 굳어졌다 해도 그것을 행동으로 옮기는 것은 조심해야 한다. 몽테뉴는 '나'의 생각을 여러모로 탐색하고 살펴보는 태도를 '시도essai'라고 명명하므로, 신념과 실행 사이의 거리를 너무 쉽게 좁혀버린 종교전쟁 시대를 간접적으로 비판하고 있다. 그는 자신의 생각과 견해를 절대적으로 확실할 수 없기에, 시도해보고 탐구해보는 과정을 제시할 뿐, 이를 일련의 강령으로 전환하여 권력화하고 세력화할 수 없다.

> 내 생각과 판단은 오로지 더듬거리며, 옆으로 흔들리며, 머뭇거리고 걸려서 넘어지며 앞으로 나아갈 수밖에 없고, 내가 갈 수 있는 한 앞으로 나아갔을 때도 나는 만족할 수 없다. 앞에 펼쳐진 대지가 구름에 가려져 있어 갈 방향을 찾지 못하기 때문이다. 나는 내 생각에 떠오르는 어떤 주제에 대해서건 선입견 없이 써내려가고자 하는데, 이를 위해 오로지 나 자신에게 고유하게 주어진 타고난 방편들만 동원할 것이다.(「자녀들 교육에 대하여」 1.146)

이렇듯 자신의 머뭇거리는 사유방식을 설명하고 변호하는 몽테뉴는, 모색하고 주저하며 독백하는 햄릿과 매우 흡사하다.

'나에게 주어진 고유한mes propres' 몫이 무엇인지에 대한 고민이 '나의 몫propriété'을 함부로 늘리는 행위를 제어한다. 둘 다 행동을 두려워하지는 않지만 행동의 정당성을 회의한다. 또한 '남'들이 함부로 영역을 확장하고 경계를 침범하는 것도 못마땅하다. 이러한 침탈은 물질의 영역에서도 문제지만, 이 시대에는 정신적 영역의 무분별한 벽 허물기가 특히 심각한 문제였다. 『햄릿』 5막 1장에서 무덤 파는 광대들이 말장난을 주고받으며, "자네는 성서를 어떻게 이해하기에 그래? 성서는 아담이 땅을 팠다고 했지 않나"(5.1.30-31) 하며 성서를 들먹거리자, 햄릿이 '요즘 아랫것들 귀족 행세가 심하다'(5.1.116-19)며 우려를 표명한다. 이와 유사하게, 몽테뉴는 종교개혁가들이 성서를 세속어로 번역해놓은 것을 개탄한다. 제대로 교육받지 못한 대중은 읽기는 읽어도 이해하지 못하니, "이들이 성서를 더 가깝게 접할 수 있게 해준다면서 오히려 더 멀어지게 만들" 뿐이다. "공허하게 말로만 아는 지식과 무모함과 건방짐을 양산하게 하는 것보다는 순진한 무식함이, 무식한 사람들로 하여금 다른 이들에게 전적으로 의존하게 했었기에 훨씬 더 바람직하고 유식하다"(「기도에 관하여」 1.310)라고 몽테뉴는 주장한다. 몽테뉴와 햄릿은 다시금 같은 편에 선 '친구'가 되었다.

몽테뉴는 칼뱅의 종교개혁과 특히 그 정치세력화에 반대하지만, 성서를 읽는 것 자체가 구원의 근거가 될 수는 없다고 생각한 점에서는 칼뱅과 통한다. 칼뱅에 따르면 "창세전에 선택받은" 사람들은 믿음을 얻었는데, 이 믿음은 "하느님의 무료 선물"이다. 인간은 오직 이러한 믿음을 통해서만 선해질 수 있다.

"그 영혼 전체가 악으로 기울어 있기 마련인 인간이 선한 의지를 갖는다는 것은 순전히 은총 덕분"(2.2.8)이라고 칼뱅은 『기독교 강요』에서 말한다. '믿음'은 '은총'이고 하느님의 일방적 선물이니 이것을 받지 못한 사람은 아무리 성서를 탐독한들 "선한 의지"를 갖게 될 리 만무하다는 결론이 여기서 도출된다.

그런데 교황과 사제의 권위를 폐기한 칼뱅과 루터의 개혁종교는, 내가 "창세전"에 이미 선택받은 사람인지 아닌지, 내 안에 하느님이 선물로 준 믿음이 있는지, 있다 해도 그것이 가짜 믿음이거나 하느님의 선물이 아닌 사탄의 기만인지 아닌지를 판단해줄 제3자가 없다. 이제 '나'는 데카르트의 『성찰』의 출발점에 다시 서 있다. 내가 믿는 것이 진짜 믿음인지 아니면 속임수인지 어떻게 아는가? 데카르트는 철저한 회의로 이 문제를 해결해보려 했으나 칼뱅이나 루터의 '오직 믿음만으로'는 의심을 배척하기에, 데카르트가 선택한 '근대적' 길은 막혀 있다. 양심의 가책을 고해성사로 풀어주고 죄를 지으면 면해주며 그리스도의 몸을 성체성사에서 '먹이는' 역할을 맡았던 사제의 자리를 제거했으니 이 '중세적' 길도 없어졌다. 물론 칼뱅 같은 '목사님'들은 설교를 한다. 하지만 거기에 머물 뿐이다. 죄를 대신 사해주거나 하느님과 죄인을 매개해주는 역할은 개신교 설교자의 특권이 아니다. '나'를 판단하고 이끌어주고 도와줄 사제의 빈자리에 누가 대신 들어설 것인가? 결국 '나' 자신? 개혁종교를 거부하는 몽테뉴이지만, 그 또한 구조적으로 같은 고민에 직면한다.

햄릿은 어긋난 세상에 맞서기를 꺼려하지만, '나 자신'에게로 물러나봐도 기다리는 건 딜레마와 고민의 독백뿐이다. 내가 물리적으로 혼자 있다고 해서 번잡한 세상의 짐을 벗을 수 있는 것은 아니다. "군중들로부터 물러나는 것으로, 다른 곳으로 이동하는 것으로 충분하지 않다. 우리는 우리 자신 안에 들어와 있는 군중적 속성들로부터 물러나야 한다. 우리 자신을 거기서 뽑아내고 다시 찾아와서 붙잡아둬야 한다"고 몽테뉴는 충고한다. 그러나 문제는 그다음 단계에서도 제기된다. 그렇게 한 후에도, "바로 우리 자신의 영혼을 해악이 사로잡으니 영혼은 자기 자신을 회피할 수 없다." 기왕 그렇다면 차라리 그냥 자신을 있는 그대로 직시하는 편이 낫다. 그래서 "자신을 자신에게로 다시 데려오고, 끌고와야 한다"(「고독에 관하여」 1.240)고 몽테뉴는 충고한다.

이렇듯 나 자신의 자리를 늘 벗어나는, 또한 내 안에 우글거리는 "군중적 속성"들에 뒤섞여 있는 '나'는 늘 문젯거리다. 굳이 여러 말 하지 않더라도 내가 '나'를 알기란 전혀 쉬운 일이 아니다. '과연 나는 누구인가? 내 생각이 과연 내 생각인가? 내 행동이 과연 내가 할 행동인가?' 햄릿의 독백을 그의 '친구' 몽테뉴식으로 표현한 대목들은 『수상록』의 곳곳에 등장한다. 아니 몽테뉴의 책 전체가 이러한 독백의 기록이라고 할 만하다. 가장 대표적인 대목 두 곳을 읽어보자. 그중 첫번째는 다음과 같다.

> 최근에 나는 내 집으로 물러나, 혼자 떨어져 안식을 취하며 내게 남은 얼마 안 되는 삶을 사는 데 전념하기로 작정했다. 내가 나의 정

신에게 해줄 수 있는 가장 좋은 일은 완전히 태만에 빠지도록 놔둔 채 오로지 자기 자신과 상관하고 자신에게만 머물거나 안주하면서, 자신에 대한 생각만 하도록 하는 것이리라 싶었다. ……그러나 오히려 내가 고삐 풀린 말처럼 뛰쳐나가니 다른 사람들 문제로 신경 쓸 때보다 자기 자신이 훨씬 더 골칫거리가 되고 말았다. 내 마음은 온갖 환영과 괴상한 생각을 연달아 뒤죽박죽 마구잡이로 만들어내니, 이것들의 유별남과 이상함을 한가히 관찰할 겨를을 얻을 참으로, 그래서 내가 나 자신의 정신을 부끄럽게 여길 시간을 벌어볼 참으로, 이것들을 기록하기로 했다.(「나태함에 대하여」 1.33)

혼란스런 내전의 시대에 자기 저택으로 물러나 '나' 자신에게로 피신한 몽테뉴는 칼뱅의 '신풍조'의 해악 못지않은 온갖 환영과 기괴한 혼란이 자신의 생각과 마음속에 도사리고 있음을 발견한다. '나'는 내가 편안히 안식을 취할 수 있는 '내 집'이 아니다. 게다가 나의 괴상함을 고해할 상대도 '나'밖에 없다. 그러나 내 '자신'을 살펴보고 파악하고 반성할 한 가지 방법이 있기는 하다. '나'는 글을 쓴다. '나'는 나의 글 속에 하나로 통합되어 있다.[33] 이러한 '독백의 글쓰기'는 다음 장에서 살펴볼, 청교도 혁명기에 나고 자란 새뮤얼 피프스의 일기가 가장 극단적인 경지로까지 몰고간 바 있다. 그러나 '나'에 대한 글쓰기를 통해 '나'의 절대적 단절이라는 '개신교적 고독'에 대응한 고전적 선례는 종교개혁의 반대 진영에 서 있던 몽테뉴에게서 찾을 수 있다.

'나'의 생각과 환상과 기괴함을 기록하는 '나'는 남들의 잣대와 기준에서 자유롭다. 아니 자유로울 수밖에 없다. 도무지 '나'도 정확히 알 수 없는 '나'를 어찌 '남'들의 시각이나 언어로 담아낼 것인가. 물론 몽테뉴라는 '나'는 보통 사람 이상의 재산과 능력, 지위, 명성을 갖고 있다. 하지만 이 모든 것은 "군중적 속성"일 뿐이니 그것들을 털어내야 나 자신을 찾을 수 있다. 두번째 대목에서 몽테뉴는 다음과 같이 선포한다.

> 나는 나의 허망한 생각들이 그 무엇이건 간에, 전혀 숨길 의도가 없다. 머리가 벗겨지고 머리카락이 회색이 된 나 자신의 초상화가 완벽한 얼굴이 아니라 나 자신의 얼굴을 그린 것이라 해도 그것을 숨기지 않는 것과 마찬가지로 말이다. 어찌됐건 이것들은 나의 기질들이고, 나의 의견들이다. 이것들은 내가 믿는 바라고 제시하는 것이지 꼭 믿어야 할 바들이라고 주장하려는 것은 아니다. 내 목적은 '나 자신을 드러내는 것découvrir moy mesmes'일 뿐인데, 내일 내가 무슨 새로운 일에 착수한다면 나는 분명히 또 달라질 수 있다. 나는 누가 내 말을 믿게 할 권위나 욕심이 없는 사람이다.(「자녀들 교육에 대하여」, 1.148)

독자가 누구인 줄 알고 속마음과 속모습을 속속들이 다 보여주겠는가? 자신을 노출시키는 독백적 글쓰기는 그 자체가 하나의 질병인가? 이런 질문들은 다음 장에서 탐구하게 될 것이다. 상식적으로, '나 자신을 드러내는 것'은 절친한 벗에게 하는 일이다. 그것은 남들이나 심지어 가족들에게도 자신을 숨기고 가리기 마련인 온갖 포장을 거둬내고dé-couvrir, 있는 그대로 자신의 모습을 보여주는 것이다. 몽테뉴 평생의 최고의 벗 에티엔 드 라 보에시가 살아 있었다면 둘 간의 대화에서 이러한 '드러냄'이 계속 이루어졌을 것이다. "우리의 영혼은 워낙 하나로 합쳐 있었고 서로를 워낙 강렬한 애정으로 바라보았으며, 속속들이 같은 애정으로 서로를 드러내보였기에, 나는 나 자신의 생각을 아는 것만큼이나 그의 생각을 알았을뿐더러 나 자신보다도 더 확신을 갖고 그에게 나 자신을 맡겼을 정도였다."(「우정에 대하여」 1.190) 이러한 이상적인 '그^luy^', 나보다 더 나를 맡기고 쉴 수 있는 '나'의 피난처인 드 라 보에시는 몽테뉴의 『수상록』에서는 이미 죽어서 사라진, 없는 존재이다. 진정한 '벗'이자 '나'의 참된 '집'인 '그'는 칼뱅이나 파스칼, 바로크 시대 프랑스 종교시인들에게는 절대자이면서도 인간인, 내가 닮아가야 할 '이상적인 나', 예수 그리스도뿐이다.[34] 인간 벗 '그'는 '나'를 언제든 떠나기 마련이다. 아니면 데카르트나 몽테뉴처럼 자신을 다스릴 줄 아는 현자들이 아닌 경우, '그'의 자리에 "고삐 풀린 말처럼 뛰쳐"다니는 욕망이 들어앉아 '나'를 지배할 수도 있다. 다음 장에서는 이러한 모습과 만나게 될 것이다.

4장

독백의 사유화: 피프스의 비밀일기

몽테뉴가 개시하고 명명한 새로운 글쓰기 방식인 '에세essai'는 '나 자신'의 생각과 감성의 실상을 글로 추적하는 탐색의 '시도'이다. 이 '에세'보다 '나'의 삶을 추적하는 좀더 간편하고 대중적인 장르가 있다. 자신의 생활을 매일 기록하는 '일기'는 몽테뉴식의 '에세'보다 역사가 더 길고, 또한 누구나 손쉽게 사용할 수 있는 글쓰기 방식이다. 자신의 삶을 성찰하거나 금전출납부를 작성하는 등의 일은 누구나 할 수 있기에 이와 관련된 기록들은 서구 근대의 개인주의 역사와 상관없는 시대와 장소에서도 쉽게 발견된다.

근대 초기, 10년 동안 하루도 빠짐없이 자신의 삶을 기록해놓은 일기, 그것도 그 상세함과 진솔함 앞에서 후대 독자들이 놀라움을 금치 못할 일기가 있다. 바로 새뮤얼 피프스(1633-

1703)의 일기다. 그는 1660년부터 1669년까지 매일 일기를 썼다. 혹시 날짜가 누락되면 나중에라도 채워넣어 빠진 날짜를 메웠다. 이러한 완결성 외에도 구체성과 진솔함을 피프스 일기의 특징으로 꼽을 수 있다. 그는 일기에다 자신과 주변의 삶을 매우 상세하고 숨김없이 기록했다. 그가 일기를 기록하고 보존한 방식 또한 매우 독특하다. 피프스는 10년간 남들이 쉽게 알아보기 어려운 특수한 속기로 일기를 써놓았다. 또한 일기를 쓴다는 사실을 자기 아내도 모르는 비밀로 유지했다. 피프스는 부상하는 해상제국 영국의 핵심 정부기관이었던 해군성의 공직자로 근무하면서 해군 행정 발전에 기여했다. 그는 해군성 총서기를 지냈고 하원의원을 역임했으며 물리학자 뉴턴 등과 함께 근대 과학학술단체의 모체인 왕립학회Royal Society 회원이기도 했다. 이 단체의 다른 회원들과 마찬가지로 '박학다식한 인물virtuoso' 축에 들던 피프스는 자신의 장서를 모교인 케임브리지 대학 모들린 칼리지 도서관에 기증했다. 그 장서에 끼어 있던 여러 권의 두툼한 원고에는 쉽게 판독하기 어려운 속기로, 그의 30대에 해당되는 10년간의 삶이 빼곡하게 기록되어 있었다. 그의 일기가 완벽히 판독되고 게다가 무삭제판으로 출간된 것은 1970년대에 와서이다. 판독이 난해한 것도 문제였지만 공개하기 곤란한 대목들이 적지 않았던 까닭이다.

피프스는 왜 그토록 열심히 자신의 삶을 기록했을까? 후대 독자들에게 1660년대의 변화하는 시대상을 고스란히 남겨주려고? 자신을 반성하며 올바른 삶을 살도록 채찍질하기 위해서? 아니면 순전히 일기 쓰는 게 재미있어서? 자신이 일기를 쓰는

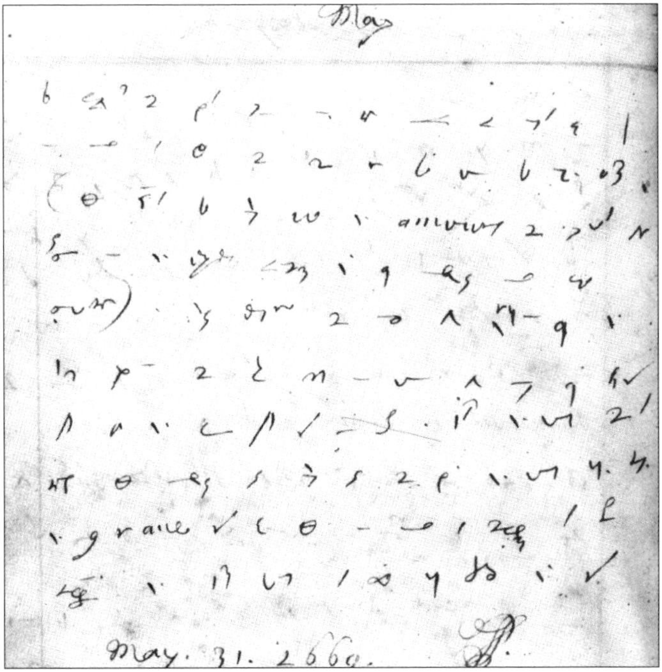

피프스가 속기로 적은 일기의 한 페이지.

동기에 대해 명확히 언급한 바가 없으니 이 질문들에 대한 대답을 제시하기는 쉽지 않다. 그가 시력이 악화되어 속기 일기를 포기해야 할 때 한 말이라고는 '이제 그만둬야 하니 너무나 아쉽다' 정도가 전부이다. 1669년 5월 31일자, 그의 마지막 일기는 이렇게 끝난다.

> 내가 일기를 내 육안으로 보며 직접 쓸 수 있는 것은 이게 끝일 게 분명하다. 더이상은 쓸 수 없으니 말이다. 매번 손에 펜을 들 때마다 시력을 망가뜨리니 어쨌든 일기를 그만둬야 한다. 그래서 이제

부터는 하인을 시켜 보통 필체로 기록해야 하니, 온 세상이 다 알 수 있는 내용만 적을 작정이다.[35]

이 인용문만 보면, 피프스가 일기를 쓴 이유는 '남들이 알면 안 되는 내용을 적는 자기만의 즐거움을 위해서'라고 생각할 법하다. 그러나 그의 일기는 남들이 알아도 좋을 내용도 풍족히 제공한다. 피프스의 일기를 어떤 식으로 해석하건, 그것이 역사적 가치가 큰 사료임은 부인할 수 없다.

피프스의 일기가 시작되는 1660년은 공화정이 종식되고 왕정이 복고되던 해였다. 1660년은 영국의 '청교도' 혁명과 공화제 실험이 실패를 확인하는 의미심장한 순간이었다. 게다가 1665년과 1666년에 역사적 대사건이 연달아 터졌다. 1665년 초여름부터 가을까지 피프스가 살던 런던 전역에 전염병이 급속히 퍼져 수천 명이 목숨을 잃더니, 그다음 해에는 런던 시내가 온통 불길에 휩싸여 아름다운 고딕 건축물 세인트폴 대성당이 불에 타는 등 참사가 벌어진다. 1667년에는 네덜란드와의 해상전쟁이 발발한다. 네덜란드군은 템스 강 하구까지 올라와 영국 배들을 불태우고 간다. 해군성 관료이자 런던 사람인 피프스는 이 모든 사건을 자신의 일기에서 생생히 증언하고 있다. 이 사건들을 논의하는 역사가들에게 피프스의 일기는 필수 사료이다.

피프스가 젊은 나이에 고위 공직자가 되어 다양한 고급정보를 접할 수 있었던 데는 개인적 운이 한몫을 했다. 1660년 찰스 2세를 태운 배를 네덜란드에서 영국까지 호위하는 일을 맡았던 책임자가, 한때는 찰스 2세의 아버지와 싸웠던 의회파 장군 에드워드 몬태규였다. 몬태규는 새 체제에서 '샌드위치 백작'의 작위를 받았다.(먹는 '샌드위치'의 원조로 알려진 샌드위치 백작은 그의 3대손이다.) 이 중요한 시기에 피프스는 아버지 쪽 친척인 몬태규의 개인 비서로 일하고 있었다. 그 덕에 해군에 일자리를 얻었으니 왕정복고는 그의 삶과 뗄 수 없는 사건이다. 해군성 고위직 공무원으로서 그는 1667년에 발발한 네덜란드와의 전쟁에 직접 관계했다. 그 밖에 대역병과 대화재 등에 대한 기록도 이미 지적한 대로 귀중한 사료이다. 피프스의 일기는 이러한 굵직한 사건들 말고도 일상적인 의식주 생활사에 대한 값진 증언을 풍족하게 제공한다. 본인이 의도했건 의도하지 않았건, 그의 일기는 17세기 영국사 전공자들에게 사랑받는 책이 되었다. 게다가 그의 부인 엘리자베스는 프랑스 종교전쟁 때 박해를 피해 영국으로 망명온 칼뱅파 집안 딸이었으니, 그의 개인사는 칼뱅과 몽테뉴 시대의 프랑스와도 연결돼 있다.

그러나 피프스의 일기는 철저히 '나'만의 세계를 지향한다. 생전에 그가 일기를 쓴다는 사실이 완벽하게 비밀로 유지되었다는 점, 남들이 쉽게 알 수 없는 속기로 일기를 썼다는 점, 일기를 더이상 쓰지 않은 후에도 그것을 아무도 모르게 고이 보관했다는 점 등이 이를 증언한다. 그가 일기를 쓴 동기가 무엇인지 정확히 진단하기는 어렵다고 해도, 그가 일기 쓰는 행위를 자신의 가장 내밀한, 가장 사적 영역으로 취급했음은 분명하다. 피프스는 '나만의 나'를 자기 혼자만 전유하려고 했던 것이다. 몽테뉴의 '나'는 사실상 '공개용 나'이다. 몽테뉴는 무대 위 햄릿의 독백처럼 독자-관객을 향해 온갖 고전을 인용하고 언급하면서 '나'의 생각과 느낌을 '연기'한다. 곧이어 다룰 렘브란트의 자화상 속 '나'는 공개용일 뿐 아니라 판매용이었다. 피프스와 동시대인이자 그의 지인이었던 존 이블린도 일기에 자신의 시대상을 상세하게 기록했다. 그러나 그의 일기는 어디까지나 '공개용'이며 공개하지 못할 은밀한 내용은 전혀 찾아볼 수 없다. 피프스가 죽은 날짜의 이블린의 일기가 좋은 예이다.(이블린은 피프스보다 나이가 열 몇 살 위이지만 몇 년 더 살았다.)

> 오늘 새 피프스 씨가 사망함…… 영국에서 해군에 대한 지식이 그보다 더 많은 이가 없었고 해군에서 그는 모든 중요 요직을 거쳤다. ……많은 사람이 그를 좋아했다. 그는 너그럽고 손이 크고, 다방면으로 유식하고, 음악에 재주가 있었으며, 그와 교류했던 많은 학자를 매우 아끼며 적극 후원했다.[36]

이블린은 피프스와는 달리 속기가 아닌 보통 필체로 일기를 썼다. 게다가 그의 어투는 거의 공식적 '추도사'를 연상시킬 정도로 흠잡을 데가 없다. 반면에 피프스의 일기에서는 '남'에게 읽히려는 제스처가 전혀 발견되지 않는다. 이블린이 위의 일기에서 남들이 아는 피프스의 모습을 요약해놓았다면 피프스의 일기는 아무도 모르는, 자신만이 아는, 남들과는 일체 공유할 수 없게 철저히 '사유화'된 독백을 지향한다.

피프스는 자신의 후견인인 몬태규가 해군사령관이 되자 그 덕에 해군성 총무서기 자리를 얻는다. 이 자리는 연봉 350파운드로 요직은 아니었으나(가장 '괜찮은' 자리에 속하는 재무서기 연봉은 2,000파운드였다) 물품 구입, 선박 주문 등에 관여했기에 피프스가 뒤로 챙길 수 있는 돈이 적지 않았다.[37] 그래서 불과 4년 만인 1664년 여름, 자신의 사유재산을 정산한 결과 1,104파운드라는 계산이 나오자 "내 평생 1,000파운드 이상 모아본 적은 처음"이라며 "위대하신 하느님께 감사한다"(1664년 7월 31일)라고 적는다. 1660년 12월에 피프스의 총 자산이 240파운드였으니(1660년 12월 10일) 그사이 재산이 네 배 이상 불어난 것이다. 다시 1666년 초에 정산했을 때는 재산이 "4,600파운드 이상"(1666년 3월 4일)이라며 만족해한다. 2년 만에 자산이 다시 네 배로 늘어난 것이다. 월급쟁이 공무원으로서는 도저히 이루지 못할 초고속 증가율이다.

위에 인용한 대목들에서 피프스가 사용하는 표현은 '내 재산은 얼마이다'라는 의미의 "I am worth……"이다. 이 표현은 '나'를 '내 재산'의 수치와 동일시한다. 이 공식은 데카르트의 '나는 (의심하는) 생각을 한다, 고로 존재한다'가 아니라 '나는 (사유재산을) 소유한다, 고로 존재한다'는 명제를 전제로 취한다. 이렇듯 17세기는 '나'의 사유재산의 양적 가치가 곧 '나'의 의미로 이해되는 시장경제와 자본주의가 영국을 위시한 서유럽에서 부지런히 그 세력을 확대하면서 이후 전 세계로 퍼져나갈 준비를 하던 시대이다. 근대사회를 만들어낸 근간은 혼자 서재에 앉아 생각에 몰두하는 '코기토cogito'가 아니다.(데카르트처럼 '사유'가 취미이자 특기인 사람이 그때나 지금이나 몇 명이나 될까?) 모든 '나'들이 자신의 소유에 매달리는 '하베오habeo'('나는 소유한다, 고로 존재한다habeo ergo sum'), 이것이 자본주의적 근대성의 공식이다. 그러나 '코기토'로 만사가 해결될 수 없듯 '하베오'가 만병통치약은 아니다. '나'를 '내 돈'의 액수와 동일시하면 '내 돈'과 연관되지 않은 부분의 '나'는 설명하기 어렵다. 따라서 '나'의 나머지 부분은 '내 돈'을 버는 '나'로부터 소외될 여지가 늘 있다.

> 일어나서 내 사무실에 오전 내내 있었다. 거래소에 가서 정오까지 일로 바빴고 집에 와서 식사하고, 사무실에서 오후부터 밤까지 일하고, 그리고 늦게 귀가했다. 일에 몹시 지쳤는데, 나에게는 별로 낙이 없었다. 내가 하느님의 은총 덕에 일을 수행할 수 있고 이를 통해 언젠가는 이득을 보리라는 점을 뺀다면. 그래서 집에 와서 저녁 먹고 잤다.(1664년 4월 28일)

피프스가 한창 일과 돈벌이에 매진하던 무렵의 일기 전문이다. 그는 '일'과 '나' 사이의 괴리를 금전적 이득에 대한 기대로 메워보려 한다. 이때 등장한 '하느님의 은총'이란 말은 입에 붙은 상투적 표현에 가깝다. 하느님을 향한 감사의 정서가 그에게 '즐거움pleasure'을 주지 않기 때문이다. 내 재산이 아무리 잘 불어나도 '나'의 쾌락과 고통은 그와는 별개의 문제로 남아 있다. 일하는 '나'와 즐겁고 싶은 '나' 사이에, 쉽게 조화될 수 없는 '바로크적' 대조와 대립이 발생하는 것이다.

피프스의 일기는 '나'가 돈 버는 도구이기 이전에 하나의 신체임을 지속적으로 증언한다. 신체활동은 피프스가 국가와 주변 사회의 대소사, 자신의 금전적 이득과 더불어 늘 빼먹지 않고 기록하는 '나'의 중요한 관심사이다. "방귀를 맘껏 뀌었더니" 며칠 동안 그를 괴롭히던 등뼈 통증에서 "제법 회복되었다" (1664년 6월 4일)거나, "아내의 좋은 충고를 받아들여 화장실에 자주 간 덕에 예전처럼 변이 잘 나오니, 계속 그 상태를 유지시켜주시길 하느님께 빈다"(1663년 12월 11일) 같은 대목들이 심심치 않게 등장한다. 하느님과 배설을 연결시키는 이런 모습은, 종교개혁이 촉발한 종교의 '사유화'를 극단까지 몰고간 예이다. 또한 하느님까지 들먹거릴 정도로 '나'의 몸이 만만치 않은 상대임을, '나'의 속에 있는 '내 몸'이 '남'임을 인정하는 것이기도 하다. 1661년 왕정복고 절차가 정리되어 찰스 2세의 정식 즉위식이 웨스트민스터 사원에서 열리는 동안, 이 역사적 현장을 보러온 피프스는 "오줌이 심하게 마려워서, 왕이 모든 의식을 마치기 약간 전에 나왔고, 사원을 빙 돌아서 웨스트민스터 홀로, 난간에 만여 명이 서 있고 바닥에 파란색 천을 깔고 좌석을 만들어놓은 곳을 지나서" 화장실로 달려간다.(1661년 4월 23일) 공적 공간과 사적인 '나'의 가장 사적 활동인 배설이 극명하게 대립되는 장면이다. 업무상 다른 사람들과 함께 템스 강 하구 래트클리프 해군조선소에 출장갔을 때, 그는 "갑자기 장이 느슨하게 풀려서" 극히 곤혹스런 처지가 된다. 그래서 뒤로 잠시 처져서는 근처 주막에 들어가 "작은 맥주잔 하나 시켜놓고 거기서 똥을 눴다."(1660년 11월 8일) 업무를 방해하는 '장'의 요구에 이렇게 부응한 후 그는 다시 동료들과 합류한다. 신체의 논리와 요구는 '일'과 '돈'의 주체에게 종속되어 있으나 때로는 마찰이 생기기도 한다. 앞에서 인용한 일기에서도 점심과 저녁 두 끼 식사를 하고, 잠을 자고, 과로로 지치는 등의 활동과 체험은 모두 몸의 제약이 원인이다. 몸은 먹지 않으면 살 수 없고, 몸은 쉬고 싶어하며, 몸은 노폐물을 내보내야 한다. 피프스가 공직을 이용해 사유화한 '나의 재산'보다도 나의 배설물은 더 완벽하게 사유화된 '내 몫'이다. 하지만 '나의 재산'과는 달리 나의 배설물은 끝없이 흘려보내야 한다. 사유화의 극단인 나의 '똥'과 '오줌'은 내가 소유할 수 없는, 계속 버려야 하는 '물건'들인 것이다.

피프스의 몸은 먹고 배설하는 기계만은 아니다. 남성호르몬이 왕성히 활동하는 30대 피프스의 몸은 성적 만족을 지속적으로 요구한다. 피프스의 리비도는 그의 장이나 방광과 마찬가지로 때와 장소를 가리지 않고 활동한다. 그는 자신의 지위와 업무를 이용해 하녀, 주막 여급, 가게 여주인, 하청업자 아내, 해군장교의 미망인 등 다양한 여인들과 기회만 되면 은밀한 거래를 통해 성적 만족을 추구한다. 물론 집에 조강지처가 있지만 욕망이 '나'를 워낙 거세게 몰아치니 부인 한 사람으로는 어림없다. 심지어 일요일 예배당 안에서까지 '나'의 성욕이 '나'를 지배한다. 일요일 오후, 딱히 예배를 드리러 갈 마음은 없이 배회하던 그는 자신의 애인 중 하나가 교회로 들어가는 것을 보고 따라들어간다. 여인은 그가 따라들어온 것을 알아차리고 다시 나간다. 그녀를 따라 다시 나가려 하는 순간, 아는 사람한테 붙잡혀서 "나의 의지와는 정반대로" 예배가 끝날 때까지 앉아 있는다. 그 와중에 그는 "망원경으로 교회 사방을 둘러봤고, 아주

훌륭한 여인들이 많이 있어서 이들을 보고 응시하며 매우 즐거웠다."(1667년 5월 26일) 교회에서 영보다는 육, 하느님보다는 여신도들에 빠져 있는 이런 불경스런 '나'의 쾌락 추구는 급기야 교회당 안에서 사정을 하는 지경에까지 이른다. 찰스 2세의 왕비는 포르투갈 출신 가톨릭교도였다. 그녀가 크리스마스이브 미사를 드리러 온 교회당에 피프스도 구경할 겸 들어간다.

> 왕비와 다른 귀부인 몇몇이 거기 있었다. 하지만 그곳에 모인 군중들이 어찌나 별난지 여기에는 하인, 저기에는 거지, 여기에는 잘 차려입은 숙녀, 저기에는 가련한 열성 구교도, 여기에는 신교도들이 두셋씩 구경하러 와 있었다. 하지만 나는 여기서 순전히 상상으로만 내가 그걸 하게 했다. 두 눈을 뜨고 한 예쁜 여자를 바라보면서. 이러기는 처음이다. 하느님이 나를 용서해주길, 거기가 교회당 안이니.(1667년 12월 24일)

여기서 밑줄 친 부분은 영어가 아닌 스페인어로 쓴 대목들이다. 말하자면 가장 '에로틱'한 부분에서는 영어가 영어의 '타자'로 전환된다. 스페인은 공식적으로 개신교 국가인 영국과 경쟁관계에 있는 적성국가이니 스페인어는 단지 영어의 '타자'인 정도가 아니라 영어의 '적'이다. 교회당에서 예쁜 여자를 바라보며(그의 손도 동원되었는지는 확실치 않다) 사정하는 '나'는 마치 또다른 '나'인 것처럼, 둘 간의 간극을 언어적으로 표기해놓았다. 하지만 이 못된 '나'도 영어를 쓰는 멀쩡한 '나'의 의지와 행위 밑에 종속되어 있음을 "내가 그걸 하게 했다"라는 구문이 시인한다. 이 표현은 '나'와 '나' 사이를 분리시키면서도 동시에 이들을 통합하려 한다. 피프스의 일기 쓰기는 공적인 '나'로부터 사적인 '나'를 떼어놓는 행위이다. 나아가 그의 일기 속에서 사적인 '나' 안에 있는 또다른 '나'가 외국어의 형태로 분리된다. 글을 쓰는 '나'는 이 모든 '나'들을 같은 지면에 통합하고자 한다.

일기 쓰는 기록자 '나'는 교회에서 엉뚱한 짓을 한 행위자 '나'를 하느님 앞에 세워놓고 용서를 빈다. 과연 이러한 발언에 진정성이 있는가? 일기는 글쓰는 이의 성향과 상관없이 그 형식에 있어서 자기의 삶을 기록하고 반성하는 자기성찰의 측면이 있다는 점에서 종교개혁의 정서와 통하는 면이 많다. 자신과 하느님 사이의 중재자로서 고해성사를 듣고 죄를 사해줄 사제를 제거한 공간에서 또다른 '나'가 '나'를 기록하고 평가하고 질책하고 독려한다. 개신교 교회에서 이러한 자기 고백은 '신앙간증'의 형태로 공개적으로 다른 신도들 앞에서 이루어지는 경우도 있으나, 나의 죄는 일차적으로 또한 궁극적으로 '하느님만 아는' 나만의 비밀이자 나의 고유한 체험이다.

피프스의 동시대인 중에는, 그와 친분이 있을 리 만무한 기층민중 출신인데다가 국법을 어긴 죄로 옥살이까지 했던 자칭 '목사' 존 버니언(1628-1688)이 있다. 여러 마을을 돌아다니며 망가진 솥이나 주전자를 고쳐주는 땜장이였던 버니언은 영국 혁명 기간에 총칼을 들고 왕에 대적한 의회 쪽 군대의 병사로 나선다. 전쟁에서 별 부상을 입거나 다치지 않고 돌아온 그는 신비로운 종교체험을 한 것을 계기로 '침례파baptist' 설교자가 되어 신도들을 모집한다. 그런데 1660년의 왕정복고는 왕권과 아울러 국가 교회의 복원이기도 했으므로 국교의 목사가 아닌 자가 국가의 허락 없이 설교를 하는 것은 위법이었다. 버니언은 제멋대로 설교를 한 죄로 두 차례에 걸쳐 6년 넘게 옥살이를 한다. 버니언은 감옥에 갇혀 있는 동안 17세기 영국이 물려준 베스트셀러 『천로역정Pilgrim's Progress』(1678)을 썼다. 그 밖에도 그는 많은 책을 썼고, 저술을 모두 합하면 그 분량이 피프스의 일기와 맞먹는다. 그중에서 버니언의 참회록에 해당되는 자전적 서사는 『죄인의 괴수에게 베푸신 넘치는 은혜Grace Abounding to the Chief of Sinners』(1666)이다. 이 책의 한 대목에서, 버니언은 '나'가 '나'의 원수가 되는 자기분열 체험을 기록했다.

> 때로는 내 생각 속에서 수백 번씩 연이어, 그(그리스도)를 팔아라, 팔아라 하는 목소리가 들리니, 여기에 저항해서 여러 시간을 계속 내 정신이 버티면서, 행여나 내가 모르는 사이에 어떤 사악한 생각이 내 가슴속에서 솟아나 거기에 수긍하지 않나 경계했다. 또한 때로는 미혹하는 자(사탄)가 내가 그런 생각을 받아들였다고 믿도록 만들기도 했으니, 그때마다 나는 여러 날 계속 마치 형틀에 매달린 듯 고통에 시달렸다.[38]

버니언의 '나'는 '나'도 모르게 사악한 생각을 할 수 있다. '나'는 "미혹하는 자", 즉 사탄의 공세에 노출돼 있다. "고삐 풀린 말처럼 뛰쳐나가"는 몽테뉴의 '나 자신'처럼, 내가 조금이라도 경계를 늦추면 '나'는 조정할 수 없는 괴물로 변한다. "내 생각 속" 또는 "내 가슴속"과 맞서는 "내 정신"조차도 자기가 실제로 그런 생각을 했는지, 그것이 '나'의 생각인지(마치 데카르트의 '회의하는 나'처럼) 확실히 알지 못한다. 그러한 불확실성이 야기하는 불안과 죄책감이 버니언을 몇 날 며칠씩 고문한다.

청교도혁명기에 런던에서 자란 피프스의 일기는 버니언식의 청교도적 자기성찰의 전통과 형식적으로 닿아 있다. '나'의 행적을 또다른 '나'가 매일 기록하고 '반성'하는 제스처가 피프스의 일기에 반영되어 있다는 점에서 그렇다. 하지만 아래에 인용한 피프스의 일기들은 이러한 청교도적 전통과 피프스의 관계가 굴절되어 있음을, '나'의 다양한 층위가 종교적 궤도를 벗어나 있음을 극명히 보여준다.

〔1667년 2월〕 1일. 일어나서 사무실로 갔고 거기서 아침 내내 일을 했다. 정오에 집에 가서 식사, 그리고 식사 후에 배를 타고, 안개가 짙고 비가 오는 날이었지만, 레드리프로 가서 뎁트퍼드로 걸어가 약속대로 거기서 백웰 네로 갔는데—집 안에는 그 집 여편네가 내가 오기를 기다리고 있었다. 그리고 약간의 어려움은 있었지만 계단을 올라가 내가 욕망한 대로 작은 침대 위에 누웠고 거기서 나는 그녀와 큰 쾌락을 얻으며 했다. 나는 또한 그녀의 아랫배와 거기에 키스를 했고 거기에 난 털도 보았다. ……시간이 흘러 그녀의 남편이 들어왔고 그러자 우리는 그녀의 남편이 전혀 눈치채지 못하도록 그자에게 딘 씨의 새 선박 만드는 일 이야기를 했는데, 정말로 그렇게 해줄 참이다. 그러고는 몇 마디 더 나누고 조선소로 가서 간부들과 얘기를 좀 했으나 잠깐 머물렀고, 새 결제담당 서기 하운스와 같이 레드리프까지 걸어서 함께 돌아왔다. ……그러고는 배편으로 빌링스게

이트로, 거기서 올드스완까지 가서 배를 타고, 밤이 되어 웨스트민스터로 가서, 의사당으로 향하니 돌 레인이 있기에 그녀와 같이 벨주점으로 들어가, 거기서 그녀랑 하고 싶은 그것을 최선의 노력을 다해 했는데, 그녀는 의자 위에 앉은 채 약간 저항을 했지만, 모두 매우 만족스러웠고, 나는 그 체위에서 큰 쾌감을 얻었다. 거기서 헤어진 후 마차 편으로 집에 왔다가 사무실로 가서 제법 늦게까지 일하다가 다시 집으로 와서 아내와 즐거운 시간을 보낸 후 저녁을 먹었다. 내 동생과 나는 음악을 연주했는데, 동생이 베이스를, 나는 비올을 연주했다. ……그러고는 자리에 누웠다.(1667년 2월 1일)

선박조선 기술자 백웰의 밥줄은 해군성 총무서기 피프스에게 연결돼 있다. 아마도 그는 이 공무원이 자신의 아내를 좋아한다는 사실 정도는 알았을 법하지만, 거기에 대해 질투할 처지는 못 된다. 피프스 쪽 입장도 복잡하긴 마찬가지다. 공적 생활과 사생활이 뒤엉킨, 속기로 표기된 멀쩡한 영어와 '영어의 타자'(앞에 밑줄 친 부분에서는 프랑스와 스페인어가 같이 사용된다)가 뒤섞인 이 텍스트는 '나'의 사유화 프로젝트가 '나'의 성욕으로 인해 고질병처럼 '남'의 몸, 그것도 남의 아내의 몸에 의존하고 있음을 고백한다. 그렇게 해서 얻은 '쾌감'은 내가 번 재산과 달리 그 순간 사라져버리는 감각일 뿐이다. 그 빈자리를 메우려고, 집으로 돌아온 피프스는 이렇듯 상세하게, 그리고 외국어를 뒤섞어가며 그날의 즐거움을 기록하고 있다.

이러한 기록은 참회와 반성을 위해서도 아니고 후대에게 교훈으로 남길 '자료'를 제공하려는 의도와도 상관없다. '나'를 위해 쓰는 나의 비밀 일기는 그 자체가 '나'이다. 오직 이렇게 기록하는 '나,' 일기를 쓰는 '나'만이 공식적인 '나'와 사적인 '나', 그 사적인 '나' 속 은밀한 쾌락을 즐기는 또다른 '나'를 모두 한 자리에, 한 텍스트에 묶어둘 수 있다. 달리 말해 텍스트의 공간 밖에서 '나'는 버니언의 '나'처럼, 또한 몽테뉴의 '나 자신'처럼, 끝없이 도망가고 위반하고 일탈하는 '남' 같고 원수 같은 '나'이다. 요컨대 피프스의 일기는 '독백'을 통해 '나'를 보전하려는 '햄릿적' 시도이다. 피프스 또한 햄릿의 '친구'이다.

3막
개혁

앞의 2막 '독백' 소개글에서 거론한 종교개혁의 문제를 좀더 살펴보자. 독백은 홀로 문제를 해결하지는 못해도 '해소'는 할 수 있는 수사법이다. 독백은 나 홀로 심원한 문제들을 고민해야 하는, 중재자를 제거한 종교개혁과 밀접한 연관성이 있다. 근래 학자들은 햄릿이 독백을 즐긴다는 점 외에도 종교개혁과 연결되는 측면이 적지 않다고 지적한다.[39] 독백을 비롯한 그의 발언이나 제스처는 그러한 정서적·정신적·종파적 향취를 물씬 풍긴다. 1막 2장, 처음 등장하는 햄릿에게 어머니는 "비텐베르크로 돌아가지 말아라"(1.2.119)라고 하면서 그가 비텐베르크 대학에서 유학중임을 밝힌다. 조금 후에 호레이시오와 다른 동료들이 등장하자, 햄릿은 호레이시오에게 "무슨 일로 비텐베르크에서 여기까지 왔나, 호레이시오?"(164)라고 묻는다. 햄릿은 같은 질문을 몇 행 뒤에 한 번 더 반복하여 둘이 같은 대학에 재학중인 친구 사이임을 관객에게 분명히 각인시킨다. 햄릿을 하필이면 비텐베르크 대학생으로 설정한 것은 특이한 일이다. 왕자 햄릿보다 신분이 아래인 레어티스는 중세와 근세 시대의 대표적인 대학도시 파리에서 공부하고 있다. 정작 햄릿이 역사가 짧은 북부 독일의 소규모 대학에 다닌다는 점은 그의 지위나 격에 맞지 않는다.[40] 하지만 비텐베르크 교수진 중에는 마르틴 루터가 있었다. 그는 이 대학을 거점으로 종교개혁을 추진했고, 독일 대학 중에서 이 비텐베르크만이 거의 유일하게 종교개혁을 지지했다. 쾰른이나 프라이부르크, 하이델베르크 등 다른 저명한 대학들은 모두 가톨릭 편에 섰었다.[41] 햄릿과 비텐베르크를 연관지은 것은 작가가 햄릿을 루터의 종교개혁 영향을 받은 인물로 설정하고 있음을 나타내는 분명한 표시다.

또한 2막 2장에서 햄릿이 등장할 때 "책을 읽으며 입장한다"고 지문이 안내한다. 책을 손에 들고 다니는 햄릿은 종교개혁의 원칙 중 하나인 '오직 성서만을'에 의거해 성서를 열심히 탐독하는 개인의 모습을 연상시킨다. 5막 2장에서 햄릿은 호레이시오에게 "우리 삶의 방향을 정하는 것은 신성한 영역이다"(5.2.10)라고 말하는데, 하느님의 예정과 섭리는 개신교 신학의 바탕을 이루는 중요한 요소이다. 같은 장 뒷부분에서도 햄릿은 "참새가 떨어지는 데도 특별한 섭리가 있는 법일세"(192-193)라고 하며 호레이시오에게 자신의 '믿음'을 '고백'한다. 앞서 언급했듯 '섭리'와 아울러 '양심'은 종교개혁의 핵심 개념 중 하나이다. 그는 자신을 죽이려는 음모에 이용된 길덴스턴과 로젠크란츠를 제거하도록 조치한 것에 대해 "이들이 내 양심에 걸릴 게 없는 자들"(5.2.58)이니 별 문제 아니라고 말한다. 클로디어스 같은 자는 죽여도 마땅하다는 말을 하면서도 "이것은 완전히 양심에 맞는 게 아닌가?"(67)라고 햄릿은 반문한다. 이렇듯 햄릿은 루터의 대학 비텐베르크 학생다운 면모를 보여준다.

햄릿의 독백은 그 자체가 개신교적 수사법일뿐더러, 거기에 담긴 생각이나 성향도 종교개혁의 입장과 통한다. 첫번째 독백에 담긴 어머니의 재혼에 대한 불만과 비판은 '예수의 어머니'에게 의지하고 기도하는 중세 교회의 모성관과 온도차가 크다. 이 독백은 더 나아가 "쉽게 흔들리는 속성frailty, 너의 이름은 여자이다"(1.2.146)라는 유명한 대목이나, "근친상간하는 침대 시트 속으로 그렇게 빨리 달려가다니"(156-157) 같은 구절에서는 여성의 섹슈얼리티 자체에 대한 '청교도적' 거부감을 드러낸다. 이렇듯 모성에 대한 불경스런 태도와 여성의 섹슈얼리티에 대한 혐오는 앞서 논한 오필리아나 어머니와 독대하는 장면에 그대로 이어진다.

햄릿은 직접 '개혁'을 논하기도 한다. 궁궐에 공연하러 온 연극배우들과 대화를 나누던 햄릿이 어색한 연기를 하는 배우들을 비판하자, 배우는 이제는 "그런 것들을 비교적 잘 개혁reform 했다고 생각합니다"라고 말한다. 이에 햄릿은 "아, 철저히 개혁하도록 해요"(3.2.30-31)라고 응수한다. 직접 '개혁'이란 말은 안 써도 맥락상 이와 유사한 '개혁정신'을 드러내는 대사가 1막 4장 앞부분에 나온다. 새벽까지 폭음하는 덴마크인들의 주연에 대해 호레이시오가 "아마 풍습인가 보죠?"라고 묻자, 햄릿은

"이것은 지키는 쪽보다는 깨는 쪽이 더 명예로울 그런 풍속일세"(1.4.13-16)라고 대답한다. 종교개혁 지도자들이 교회의 예배의식뿐 아니라 교회 밖의 풍습과 전통을 폐기하거나 바꾸는 데 진력했듯, 햄릿도 다양한 영역을 개혁하고 싶어한다.

반면에 햄릿의 반대파인 클로디어스는 햄릿 독살을 계획하면서 독이 든 와인잔을 "성배[chalice]"라고 지칭한다.(4.7.159) 성배와 성찬식 문제는 종교개혁의 쟁점 중 하나였다. 종교개혁파들은 성찬의 빵과 포도주에 예수의 몸과 피가 '담겨 있다'고 보는 중세교회의 '화체설化體說[transubstantiation]'이 근거 없는 미신이라고 비판했다. 개혁종교는 성찬식을 비롯한 예식의 비중과 횟수를 현저히 줄였다. 성찬을 실시하는 경우에도 전통적으로 사제만 마시던 포도주를 신도들도 마시는 쪽으로 개혁했다. 햄릿을 친선 칼싸움으로 유인해 독살하려는 클로디어스가 독이 든 잔을 햄릿에게 마시게 하는 데는 상징적 의미가 복잡하게 엉켜 있다. 이 장면에서 셰익스피어가 개신교와 가톨릭 중 어느 쪽을 지지하는지는 쉽게 판단할 수 없다. 하지만 성배와 성찬식을 중시하는 쪽이 가톨릭이고 그 의미를 축소한 쪽이 개신교이기에, 마지막 죽음의 잔치는 '가톨릭적' 의식의 형태를 빌렸다는 해석은 가능하다. 그뿐 아니라 오필리아의 오빠 레어티스가 그녀의 시체를 메고 와서 이제 남은 절차가 무엇이냐고 사제에게 묻자, 사제는 "없소, 이런 경우에 엄숙한 레퀴엠을 부르는 것은 망자들을 위한 예배에 모독이 될 것이오, 평화롭게 떠난 영혼이 아니니"(5.1.202-204)라고 대답한다. 자살한 오필리아에게는 하느님께 '영혼의 안식'을 청원하는 진혼미사 레퀴엠이 해당되지 않는다는 것이다. 그 순간 햄릿이 달려들어 갑자기 '오필리아가 죽다니!'라고 난동을 피우며, 파놓은 무덤 안으로 뛰어들어가 상주 레어터스와 난투극을 벌인다. 햄릿은 레퀴엠은 못 불러줘도 엄숙히 치러야 할 가톨릭 장례의식을 망쳐놓는 '개혁가'이자 폭도로 변한 것이다.

두번째 독백에서 "나는 정말 막돼먹은 농노나 다를 바 없지 않은가?"(2.2.502)라며 신속히 행동을 취하지 않는 심리를 반성하는 것도, 개인이 '하느님 앞에서 자신을 성찰하는coram deo' 개신교적 자기반성의 모습을 연상시킨다. 같은 독백에서 자신이 주저하는 이유를 비겁함이 아닌 '유령'의 신빙성 문제와 결부시킨 것 또한 온갖 중세적 미신을 타파하고 믿음의 영역을 오로지 성서에 근거한 합당성 및 이성적 합리성의 범위로 제한한 종교개혁과 무관하지 않다.

> 내가 본 그 정령이
> 악마일지 모르지 않나—그리고 악마는
> 흥미로운 모습을 취할 능력이 있다고 하니. 맞아, 아마도
> 내가 심기가 약해져 있고 우울증에 빠진 틈을 타서,
> 그런 사람들에게 악마가 특히 힘을 발휘한다니,
> 나를 패망시키려고 나를 속이는지도 모르지.(2.2.551-556)

우울증에 대한 과학적 진단과 악마에 대한 경계심이라는 '비과학적' 믿음이 뒤섞인 이러한 태도는 바로크 시대를 그 이전 및 이후 시대와 구분하는 특이한 이중성이다. 17세기는 뉴턴과

라이프니츠, 파스칼의 과학혁명의 시대임과 동시에, 개신교로 개종한 지역 전역에 걸쳐 '악마'를 제거하겠다는 마녀사냥이 자행됐던 시대이다. 햄릿의 이와 같은 발언은 당시로서는 사뭇 진지하고 심각한 고민으로 받아들여졌을 것이다.

위의 두번째 독백은 '나'가 '나'를 진단하고 분석하고 점검하고 독려하는 '자신과의 대화' 형태를 띤다. 첫번째 독백이 어머니나 숙부 등 타자를 비난하는 데 초점이 맞춰진 것과는 대조적이다. '나'가 '나'를 바라보고 객관화하고 평가하고 인식하는 일은 앞서 말했듯 종교개혁이 교회와 사제, 성인의 매개를 철거한 공간에서 나 홀로 존재와 구원, 죽음과 믿음의 문제를 해결해야 하는 상황과 깊은 연관성이 있다. '나'를 내가 바라보고 성찰하며 '그려보는' 작업은 미술사에서는 자화상으로 구현된다. 종교개혁 이후로 개신교 문화권에서 자화상이 대거 등장했다는 점은 우연의 일치가 아니다. 햄릿은 자신에게 묻는다. '너는 누구냐? 너는 왜 그러냐?' 그 대답으로 그는 자신의 자화상을 몇 가지 버전으로 그린다. "나는 정말 막되먹은 농노나 다를 바 없지 않은가?"(2.2.502) "나는 비겁한 자인가?"(523) "나는 당나귀 같은 바보 아닌가!"(535) 자화상을 가장 많이 그린 렘브란트도 자신의 얼굴을 여러 가지 모습으로 그렸다. 화가로 살아가는 동안 그는 나이와 분위기에 따라 달라지는 자신의 모습을 계속해서 그렸다. '나는 누구인가?' 데카르트와 몽테뉴, 피프스가 묻고 답을 모색한 근대의 이 본원적 질문은 "To be, or not to be"의 또다른 의미이기도 하다. 일반적 영어용법에서 'to be'가 철학적 존재론과 연결되는 경우는 매우 드물다. 일반적으로 이 표현은 'to be what?'('나는 무엇이 될 것인가?')라는 질문을 함축한다. '남들이 원하는 나가 될 것인가, 아니면 말 것인가?' '덴마크 왕자 햄릿이 될 것인가, 아니면 말 것인가?' '아버지 유령이 원하는 복수의 화신이 될 것인가, 말 것인가?' 이것이 이 유명한 독백 첫 행의 실질적 의미다.

다섯번째 독백은 신학적 차원에 복수를 결부시킨다는 점에서 햄릿의 종파적 성향을 논할 때 뺄 수 없는 부분이다. 햄릿은 기도중인 클로디어스를 죽일 수 없다고 판단한다. "이 악당을 하늘로 보낼지도" 모르니, 그것은 "돈 받고 제공하는 서비스이지, 복수가 아니"(3.3.77-79)기 때문이다.

지금 영혼을 깨끗이 씻어서
내세로 갈 차비가 잘 되어 있을 때
제거하는 것, 그게 복수인가?
아니다.
칼을 접자, 그리고 훨씬 더 무서운 일격을 가할 때까지,
그가 술에 취해 잠들었거나, 격노해 있을 때나,
아니면 침대에서 근친상간의 쾌락을 즐길 때나,
놀음판에서 욕지거리를 하거나, 아무튼 뭐든지
전혀 구원의 여지가 없는 상황일 때—
그때 그를 넘어뜨려서 발바닥이 천국을 향하고
그의 영혼은 저주받은 시꺼먼 상태로
시꺼먼 지옥으로 떨어지도록 하자.(3.3.84-95)

단순히 육체의 목숨을 뺏는 것으로는 복수가 되지 않고 영혼도 확실하게 지옥으로 보내야만 한다는 이 극단적 증오에서 종교개혁 시대에 상대방 종파를 무참히 죽일 수 있었던 '경건한' 기독교도들의 뒤틀린 논리를 엿볼 수 있다. 또한 이 독백은 천국과 지옥의 이분법을 전제로 한다. 제3의 영역 연옥은 애초에 거론조차 되지 않는다. 선왕 햄릿의 유령은 자신이 연옥에서 왔음을 분명히 밝힌다. "밤에는 일정 기간 돌아다니다가 낮에는 불 속에 단단히 묶여서, 내가 자연 속에서 지낼 때의 나의 사악한 죄들이 모두 타고 씻길 때까지"(1.5.10-13) 그렇게 지내야 한다며 자신의 형편을 설명한다. 연옥을 제거하여 사후세계에 마련된 '패자부활전'의 기회를 없애버린 종교개혁의 시각에는 지옥 아니면 천국이라는 극과 극의 대립만 남아 있다. 죽은 자의 영혼을 기다리는 것은 천국과 지옥의 바로크적 이분법이다.

개신교도가 아니면서도 개신교적 시각에서 존재와 우주의 문제를 인식한 파스칼에게도 연옥은 없다. 파스칼은 하느님 없는 삶의 공허함과 하느님 안에서의 영원한 만족이라는 두 개의 극단이 서로 극점을 이루며 대립하는 지평에 서 있다. 이제 렘브란트와 파스칼에게 흘러들어간 종교개혁의 유산을 추적할 차례이다.

5장

“숨김없이 그대로”: 렘브란트의 자화상

『수상록』의 서문 격인 「독자에게」에서 몽테뉴는 자신의 글을 하나의 자화상에 비유한다. “나는 남들이 이 책에서 나를 단순하게, 자연스럽고 보통 방식대로, 논란이나 가식 없는 내 방식대로 보기를 바란다. 왜냐하면 내가 그리고 있는 것은 나 자신이기 때문이다. 공적인 예의가 허용하는 한도 내에서 나의 흠이 생생하게 읽힐 것이고 내 모습은 숨김없이 그대로 드러날 것이다. ……이렇듯 독자여, 나 자신이 내 책의 소재이다.”(1.3)

내가 나를 그리는 일은 글보다는 그림의 세계에서 훨씬 더 용이하게 수행할 수 있다. 서양미술사에서 가장 오랜 기간에 걸쳐 가장 많은 자화상을 꾸준히 그린 화가는 17세기의 렘브란트(1606-1669)이다. 그는 활동 초기인 1625년부터 세상을 떠난 1669년까지 줄곧 자화상을 그렸다. 그 수를 다 합하면 유화가

40여 점, 에칭(동판화)이 30여 점에 이른다. 현대 화가들이 자화상을 즐겨 그리는 경우는 흔히 볼 수 있으나, 르네상스 시대에서 19세기까지 긴 기간을 통틀어 렘브란트의 자화상 작업은 극히 예외적이고 독보적이다.

렘브란트가 자화상의 원조는 아니다. 그림의 한구석에 자신의 얼굴을 집어넣는 수준이 아니라 화가 자신의 얼굴이 화폭을 독점하는 그림의 가장 오래된 예는 알브레히트 뒤러(1471-1528)의 자화상이다. 남부독일 사람인 뒤러는 알프스 남쪽 이탈리아 르네상스의 영향권에서 살았다. 그는 이탈리아 르네상스 미술을 현지에서 익힌 후 이를 응용해 '북부 르네상스'라고 불리는 독특한 화풍을 개척했다. 그의 독창적 업적에는 자화상 장르의 개척도 포함된다.

뒤러가 근대적 의미에서 예술가적 자의식을 표현했는지, 또 이런 방식으로 그린 자화상이 뒤러 이전에는 전혀 없었는지 여부는 단정할 수 없다.[42] 그러나 이 루브르박물관 소장 자화상에 담긴 매혹적인 청년이 뒤러 본인이라는 것에는 논란의 여지가 없다. 또한 이 그림을 비롯한 뒤러의 자화상들이 멋진 청년의 모습을 보여준다는 것에도 누구나 동의할 것이다. 반면 렘브란트의 자화상은 뒤러식으로 자신을 가급적 멋있게 그린 작품들 외에도 몽테뉴의 말대로 자신의 "흠

알브레히트 뒤러, 「자화상」, 1498, 루브르박물관 소장.

이…… 생생하게 읽히"도록 "숨김없이 그대로" 제시하는 경우도 많다. 렘브란트 자화상의 진솔함과 사실성은 뒤러의 그림과는 다른 종류의 감동을 선사한다.

이 책을 쓰는 동안 나는 런던에 1년간 머물렀다. 런던이 내세울 자랑거리가 한둘이 아니겠지만, 세계 최상위권에 들어갈 이 도시의 자산에는 여러 미술관이 포함된다. 현대미술은 테이트 모던 미술관에 모여 있고, 그 이전 시기의 유럽 및 영국 명화들은 내셔널갤러리에 빽빽하게 걸려 있다. 이 책의 집필 작업을 하기 몇 년 전에도 나는 런던에 머물렀던 적이 있다. 당시 하던 작업이 화가 티치아노와 관련된 소설이었기에 티치아노의 그림을 보느라 내셔널갤러리에 자주 드나들었다. 제법 공을 많이 들인 그 소설은 출간되자마자 철저히 무시당했다. 그 후 개인사의 전환점이 될 만한 사건들이 몇 가지 있었다. 그래서 그런지 이번에 다시 보는 티치아노는 화려하기는 해도 예전에 그의 그림들이 나에게 속삭이던 음악은 더이상 들리지 않는다. 반면 그때에 그리 끌리지 않았던 렘브란트는 몇 번이나 나를 부른다. 늘 관광객들로 붐비는 런던 내셔널갤러리에서 군중을 뚫고 곧장 렘브란트의 그림들이 기다리는 방으로 가면, 삶의 무게와 상처가 사방에 배어 있는 늙은 렘브란트의 생생한 시선이 마치 바흐의 〈코랄 전주곡〉처럼 내 영혼에 스며든다.

렘브란트의 자화상을 다루기 전에, 그의 시대와 상황, 정신을 요약해주고 렘브란트가 왜 그토록 많은 자화상을 오랫동안 그렸는지에 대한 단서를 제공해주는 그림 하나를 먼저 살펴보자. 내셔널갤러리에 소장된 렘브란트 그림은 전시실 23번과 24번,

렘브란트, 〈벨사살의 잔치〉, 1635, 런던 내셔널갤러리 소장.

서로 연결된 두 방에 총 12점이 걸려 있다. 그중 가장 눈에 띄는 그림은 24번 전시실의 〈벨사살의 잔치Belshazzar's Feast〉(1635)이다. 167.6×209.2센티미터에 달하는 이 유화의 큼직한 화폭과 극적인 소재는 전시실 벽면 전체를 압도한다.

이 그림의 배경이 되는 이야기는 구약성서의 「다니엘서」 5장이다. 바빌론 왕 벨사살이 술판을 벌이던 중 "거나하게 되자 선왕 느부갓네살이 예루살렘 성전에서 약탈한 금잔, 은잔을 내오라"고 하여 이 성스런 잔으로 "고관들과 왕비들, 후궁들과 함께

술을" 마신다. 그뿐 아니라 "술을 마시며 금은동철이나 목석으로 만든 신상들을 찬양"한다. 이렇듯 하느님을 모독하는 정도가 묵과할 수 없는 수준에 이른 순간, "갑자기 사람의 손가락 하나가 나타나서 등잔대 맞은편 왕궁 벽에 붙어 있는 판에 글자를 썼다." 이를 본 왕은 "새파랗게 놀랐"고, "머리가 아득해지며 허벅지가 녹는 듯하고 무릎이 떨려 마술사들과 점성가들과 점쟁이들을 불러들이라고 고함쳤다."(5:1-7) 렘브란트는 벨사살이 겁에 질리고 놀라는 순간을 그림에 담았다.

왕의 고개는 벽 쪽으로 뒤틀려 있다. 그의 겁에 질린 눈알은 글자에 고정되어 있다. 렘브란트는 17세기 네덜란드 화가들의 주특기인 '키아로스쿠로(명암법)'를 활용해 어두운 벽면에서 글씨를 쓰는 손을 집중적으로 조명한다. 손을 비추는 빛줄기는 다시 벨사살이 모독한 신성한 잔과 성물들, 그리고 그와 같이 놀던 귀족 남녀의 놀란 얼굴과 다른 두 여인의 뒷모습을 비춘다. 그러나 그림 좌측 상단은 온통 어둠이다. 갑자기 나타난 손가락뿐 아니라 이미 이 잔칫상을 뒤엎고 즉각 무색하게 만들 파괴와 심판의 검은색이 이들 바로 곁에 다가와 있다. 그 어둠과 동요와 경악과 공포는 르네상스의 화려함을 뒤엎은 바로크, 그리고 바로크를 야기한 종교개혁의 도전과 상응한다.

종교개혁 이전에 교회는 그림과 조형예술의 주 고객이었다. 교회를 아름답게 건축한 후 그 안에 스테인드글라스로 창을 만들고 성모 마리아를 위시한 성인들의 형상을 조각해 세워놓으며, 성서 이야기나 성인들의 삶을 그림으로 그려 제단과 벽에 걸어놓는다. 거기에 파이프오르간과 합창을 가미하면 교회당은 신도들에게 기독교의 가르침을 감각으로 느끼게 하는 시청각 체험관이 된다. 중세를 거치고 르네상스 시대가 열리면서 이러한 예술적 치장과 장치는 더욱더 화려해지고 정교해진다. 교회의 수장 교황이 거주하는 로마의 성 베드로 대성당은 당대 최고의 장인 미켈란젤로를 시켜서 벽면은 물론이요 천정 돔까지 덮은 프레스코 회화로 장관을 이룬다.

종교개혁가들은 이러한 종교의 '감각화'에 대해, 햄릿이 덴마크의 과음 풍속에 혀를 차며 말했듯 "지키는 쪽보다는 깨는 쪽이 더 명예로울" 풍속이라고 단정했다. '오직 성서만으로' 충분하다는 개신교 교리는 교회 안의 각종 '우상'을 치워버리는 '우상파괴운동iconoclasm'으로 표현된다. 이것은 루터나 칼뱅의 설교를 깊이 이해하지 않은 자들도 쉽게 받아들이고 참여할 수 있는 '개혁'이었다. 교회 안으로 쳐들어가 스테인드글라스를 깨고 석상을 끌어내며 성화를 찢고 때로는 성물 등 귀중품도 챙겨오는 난동이 '개혁'의 이름으로 자행되었다. 마치 오필리아의 장례식을 망쳐놓는 햄릿처럼, 이들은 물불 가리지 않고 교회당을 유린했다. 종교개혁이 득세한 지역들에서는 예외 없이 교회의 내부와 외부에서 그림과 형상을 모조리 제거하여 벽면을 황량하게 만들고 나서야 파괴와 약탈을 멈췄다. 렘브란트의 〈벨사살의 잔치〉는 세속적이고 불경스런 신성모독에 대항하는 하느님의 문자, 즉 '성서'의 힘을 묘사한다는 점에서는 개혁종교의 '오직 성서만으로'의 구호를 지지한다. 하지만 다른 한편 벨사살이 약탈해온 성물들로 술판을 벌인다는 점에서 우상파괴운동의 야만성을 비판하는 메시지도 읽을 수 있다.

렘브란트가 태어나기 훨씬 전 그의 부모가 태어날 무렵, 개신교 세력이 그의 고향 레이덴을 장악하자마자 대대적인 '우상파괴'가 진행되었다.[43] 가톨릭 문화권에서 태어났더라면 렘브란트 같은 재주꾼 화가의 생업은 주로 교회 성화 제작이었겠지만 개신교 지역에서는 그럴 일이 없었다. 그렇긴 해도 〈벨사살의 잔치〉가 예시하듯 성서 내용을 그리는 것은 '오직 성서만으로' 조항에 위배되지 않았다. 이러한 그림을 교회에 걸지 못하고 개인이 소장하긴 했지만, 그렇다고 기독교 종교화의 맥이 완전히 끊긴 것은 아니었다. 그뿐 아니라 렘브란트의 작품들은 인간의 일상사를 개신교적 시각에서 재현하는 종교적 영성의 확산도 예시한다.

이 책의 「프롤로그」에서 지적했듯 종교개혁은 바로크의 원천이다. 바로크는 르네상스처럼 인간을 이상화하지 않는다. 대신 인간을 있는 그대로, 원죄로 인해 망가져 있을 수밖에 없는 일그러진('바로크'한) 존재로 그린다. 개혁종교는 이러한 인간이 자신의 망가짐과 일그러짐을 인정하고 하느님 앞에 엎드릴 때 은총으로 일순간 구원에 이를 수 있다는 복음을 전한다. 렘브란트가 그린 인간들의 모습은 이러한 이중성을 구현하고 있다.[44] 심지어 하느님을 모독하는 용서할 수 없는 죄를 저지른 벨사살도, 비록 바로 그 사건 직후 살해되기는 했으나 다니엘을 불러서 예언을 듣고 그 의미를 깨닫고 나서 죽는다. 그리고 그 사건을 계기로 다니엘이 바빌론에서 출세하여 하느님의 뜻을 펼치게 되니 〈벨사살의 잔치〉는 역전의 순간이기도 하다. 불완전함과 일그러짐 속에서도 용서와 구원의 가능성이 녹아들어간 '반전'의 미학은 무엇보다도 렘브란트 자신의 모습을 그린 자화상들에 구현된다.

'나는 불완전하다, 고로 존재한다.' 이것은 인간을 이상화한 르네상스와 대조되는 바로크의 인간관을 요약하는 명제이다. 나는 불완전하므로, 미완성이다. 따라서 나는 계속 변하는 가운데 나의 삶을 죽음의 순간까지 이어간다. 글로 쓴 자화상, 몽테뉴의 『수상록』에서 그 자체로 완결된 글은 없다. 따라서 수상록은 이어지고 '시도essais'는 늘 복수형이다. 이와 마찬가지로 렘브란트의 그 어떤 자화상도 결정판이 아니다. 젊을 때의 렘브란트 모습이 그를 전적으로 대변하지 않는다. 중년의 렘브란트도 마찬가지다. 청년 렘브란트가 그의 본질적 모습이 아니고, 노년기의 렘브란트 얼굴이 그의 삶의 '결론'을 선포하지 않는다. 시간의 흐름을 얼굴의 변화 속에 담아내면서도 지나친 나르시시즘이나 자기연민, 자기비하가 개입할 수 없는 균형과 거리를 유지한다는 점이 렘브란트의 자화상이 갖는 미학적 가치이자 그 도덕적 의미다.[45]

다시 런던 내셔널갤러리의 24번 전시실, 〈벨사살의 잔치〉 왼편에서 이 그림을 그린 장인이 화려한 옷차림에 큼직한 모자를 쓰고 비스듬히 관객들을 쳐다본다.

그림 속 모델은 장년기 남성의 기운과 매력을 맘껏 발산하고 있다. 그가 굳이 화가라는 단서는 표시되어 있지 않다. '잘나가는' 신사의 복장과 모자, 자신감 넘치는 눈빛, 그리고 배경을 이루는 상대적으로 밝은 색채가 모두 이러한 메시지를 전달한다. 이 그림의 모델은 어둠속을 뚫고들어온 밝은 빛줄기가 예리하

렘브란트, 〈자화상〉, 1640, 런던 내셔널갤러리 소장.

게 대상을 해부하는 키아로스쿠로의 심문에서 면제되어 있다. 런던 쇼핑가 옥스퍼드 스트리트 북쪽으로 한 200미터 올라가면 '월리스컬렉션Wallace Collection'이라는 작은 박물관이 있다. 이곳에는 각종 갑옷과 도자기, 유화 사이에 열두 점의 렘브란트 그림이 걸려 있는데, 1636년의 자화상도 그중 하나이다. 이 그림에서 젊은 렘브란트는 비슷한 자세로 잘 차려입고 밝은 배경색 앞에 앉아 시선을 약간 내리깔고 있다. 월리스컬렉션 자화상과 비교하면 내셔널갤러리 자화상은 뒷면에 어두운 그림자가 훨씬 더 많이 침투해 있는 셈이다. 하지만 검은 색조는 모델의 벨벳 겉옷과 모자의 색감 및 고급스런 질감과 통하는, 그리고 그것을 더욱더 부각시키는 농질적인 색조이다. 말하자면 마치 그가 입은 옷과 모자가 얼마나 '명품' 인지를 확실히 보여주려는 듯한

렘브란트, 〈자화상〉, 1636, 월리스컬렉션 소장.

색채의 배열이다. 눈빛에 약간의 불안감이 없지는 않다. 특히 비스듬히 서 있는 각도 때문에 뒤편에 숨어 있는 왼쪽 눈에서는 '나는 정말 멋있는 남자로 보일까?' 하는 의구심이 엿보인다. 그렇긴 해도 전반적인 분위기는 자신감 넘치는 성공한 30대 남성, 부지런히 돈 벌고 노느라 여념이 없던 피프스의 30대를 연상시킨다.

렘브란트는 평생 이탈리아에 가본 적이 없으나, 이탈리아 르네상스 대가들의 그림에 친숙했고 이들과 겨루려는 야심이 적지 않았다. 당장 자신의 그림 한구석에 사인을 할 때, 그의 성인 판 레인van Rijn 대신 이탈리아 대가들처럼 이름 '렘브란트'를 적었다는 것이 그러한 의도를 말해준다.('라파엘로', '미켈란젤로', '티치아노'는 모두 성이 아니라 이름이다.) 그 덕에 그는 '판 레인'이 아니라 '렘브란트'라고 불린다.(반면 '루벤스'나 '페르메이르'는 모두 이름이 아니라 성이다.) 런던 내셔널갤러리에 있는

티치아노, 〈누비 소매옷을 입은 남자〉, 1510년경, 런던 내셔널갤러리 소장.

30대 렘브란트의 초상화는 같은 미술관에 걸려 있는, 시인 아리오스토의 초상화로 추정되는 티치아노의 1510년 남성 초상화의 구도와 흡사하다. 렘브란트가 이 베네치아 르네상스의 대가를 의식하고 '인용'했다고 추정할 만하다. 이 티치아노 그림을 당시 암스테르담에 살던 포르투갈 미술품 상인이 소유하고 있었다고 하니 그러한 추정은 더욱 설득력이 있다.[46]

렘브란트는 이 그림을 통해 이탈리아를 여행하거나 거기서 공부한 적은 없지만 자기도 이탈리아 르네상스에 대해서 알 만큼은 안다는 표시를 하고 있다. 게다가 자기 자신을 모델로 삼아 이런 자신감 넘치는 그림을 그렸다는 점에서, 이 화폭에는 장년기 렘브란트의 예술가적 '숫기'가 확연히 배어 있다.

물론 렘브란트의 자화상을 19세기 낭만주의나 이후에 부상한 '예술가 숭배'의 수준으로까지 끌어올리는 것은 자제할 일이다. 그의 자화상은 기술적인 면에서는 다양한 인간의 성격과 감성과 기분의 표현 방법을 탐색하는 작품군에 포함된다. 이런 목적에 맞춰 화가가 스스로의 얼굴을 손쉽게 모델로 삼았다고 할 수 있다. 당시는 '자화상'이란 개념도 아직 정착되지 않았던 때였다. 이들 그림은 '자화상'이 아니라 '렘브란트가 그린 렘브란트 초상화'로 불렸다.[47] 그 말이 그 말 같지만, '모델'과 '화가'를 별도로 명시하는 이러한 관행은 이 둘을 동일한 '자의식' 선상에 놓고 이해하는 '자화상'과는 사뭇 다르다.

17세기 자화상을 이후 시대의 자화상과 비교할 때, 작업의 실무적 어려움도 고려해야 한다. 자화상은 거울 없이는 불가능하다. 렘브란트에게는 두 개의 거울이 있었다고 한다. 1688년까지 거울의 크기는 와인병 등 여타 유리제품과 마찬가지로, 녹인 유리원료를 사람이 한 번 입으로 불어서 부풀리는 수준을 넘을 수 없었다. 따라서 큰 거울이라고 해도 상반신 정도만 비출 수 있었다. 게다가 이 거울은 완전 평면이 아닌 볼록 거울이었기에 거기에 비친 모습이 실제 얼굴과 완전히 같지 않았다. 거울에 비친 영상이 선명하지 않았으므로 자화상을 그리는 화가는 일부는 추론에, 일부는 상상력에 의존해야 했다.[48]

오늘날보다 실내조명이 훨씬 어두운 작업실에서, 이렇듯 불완전한 거울이 보여주는 자신의 모습을 바라보며 그리는 행위에는 주관적 해석이 개입할 여지가 컸다. 자신이 '바라보고자' 하는 모습과 실제 모습이 쉽게 뒤섞일 수 있었던 것이다. 주관과 객관이 혼재된 자화상의 이미지는 '나'를 위한 것이면서 동시에 '남'을 위한 것이다. 거울 속 자신을 다시 화폭에 옮겨놓을 때 거울 속에서 '나'를 바라보는 시선은 화가를 향하지만, 캔버스 안 모델이 바라보는 시선은 '나'가 아닌 타자를 향해 열려 있다. 그림 속 화가의 시선은 자신을 바라보지만 동시에 '남'을 바라본다. 그 시선은 자신의 거울에 비친 얼굴이 죽음에 가까워질수록, 인생의 단풍이 지고 낙엽이 떨어져 앙상해질수록 영원한 관람자, 절대자를 바라본다.

런던에 있는 렘브란트 자화상들은 작품의 나이가 많을수록 작품 속 렘브란트는 젊다. 월리스컬렉션의 자화상은 1636년 막 30대에 진입한 젊은 남자의 모습이고, 내셔널갤러리의 1640년 자화상은 30대 중반 원기 왕성한 남성의 얼굴이다. 하지만 바로 그 옆방 23번 전시실에는 렘브란트 그림 중 가장 나이가 적은 축에 속하는, 그가 죽던 해인 1669년 자화상이 걸려 있다. 장년기 렘브란트의 자신감, 화려한 겉옷, 모자, 색조는 모두 사라진 지 오래이다. 허옇게 센 백발과 머리카락이 다 빠져버린 정수리를 얇은 천 모자가 덮고 있다. 1640년 자화상처럼 배경색과 입고 있는 옷의 색이 같은 톤이지만, 겉옷의 색채는 광채 나는 검은색 벨벳이 아니라, 남루한 느낌을 풍기는 누런색이다. 이 노인이 유명한 화가 렘브란트인지 알아보기도 쉽지 않다. 런던 북쪽 햄스테드 히스 공원에 있는 켄우드하우스에도 렘브란트 자화상이 한 점 있다.

이 그림은 1660년 작품이니 인생의 늦가을인 50대 중반의 모습이다. 1669년 자화상과 비슷한 색조를 쓰고 있으나 훨씬 더 밝고 선명하다. 게다가 화가는 붓과 팔레트를 들고 정면을 향해 서 있다. 그림 속 인물은 화가 렘브란트이다. 더이상 청년이나 장년기의 남성 렘브란트는 아니지만, 여전히 '일'과 '작품'에서 자신을 찾는, 아직 '일터'에 '나'가 서 있다는 확신을 표현하는 초상화이다. 그러나 두 눈과 이마에 몰려 있는 붓놀림의 자취들은 들고 있는 붓과 팔레트와 손재주에 대한 불안감을 드러낸다. '일'하는 '나'는 '일'에서 구원을 찾을 수 있을까? 1669년 그가 죽던 해에 그린 자화상 속 렘브란트의 손은 붓과 팔레트도 내려

렘브란트, 〈자화상〉, 1669, 런던 내셔널갤러리 소장.

놓았다. 자세도 곧게 서서 정면을 응시하는 대신 옆으로 약간 기울었다. 반면에 눈빛이 전해주는 걱정과 우려, 안타까움의 느낌은 이전 자화상들보다 훨씬 더 강렬하다. 그리고 그는 두 손을 한데 모으고 있다. 손이 시려서일까? 그럴지도 모른다. 그러나 마주잡은 그의 두 손은 기도하는 자세이기도 하다.

그림 속 모델은 불안이 깃든 표정이지만 동시에 구원에 대한 믿음의 빛줄기가 얼굴을 씻어준다. 그는 보는 이의 동정을 구

렘브란트, 〈자화상〉, 1660, 런던 켄우드하우스 소장.

하는 듯하면서도, 오히려 이 세상에 남아 있는 이들을 동정하는 것 같다. 삶의 고역과 방황, 헛것과 헛짓에 여념이 없는 이들을 향한 연민. 죽음을 감지하는 영혼은 절대자를 향한 참회와 회한과 간구의 기도를 올린다. 이 놀라운 자화상을 그리는 말년의 렘브란트는 "숨김없이 그대로" 자신의 영혼을 화폭에 담아놓았다.

6장

무릎 꿇은 '나'의 희열: 파스칼

몽테뉴 생전에 발발해서 데카르트의 청년시절인 1620년대까지 간헐적으로 이어진 프랑스 종교전쟁은 파스칼 시대에 이르러서는 전통 가톨릭파의 승리로 일단락되었다. 박해를 견디지 못한 칼뱅파 '위그노'들은 개신교 국가인 스위스 제네바나 네덜란드, 영국, 심지어 북미대륙으로 가는 망명길에 올랐다. 프랑스에 남은 이들은 큰 목소리를 내지 못하는 소수집단으로서 불안하고 불안정한 처지를 감수해야 했다. 온갖 압력을 이기지 못해 개혁종교를 버리고 가톨릭으로 '돌아오는' 길을 선택한 사람도 적지 않았다. 프랑스 왕위에 올라 앙리 4세가 된 나바르의 앙리가 그런 경우이다. 칼뱅파를 이끌고 전장에 나섰던 그는, 내전으로 갈라진 프랑스에서 발루아 왕가의 적자들이 모두 죽은 상황에서 자신에게 넘어온 왕권을 공고히하고 갈라진 나라를 통합하기 위해 '개종'을 선택했다. 앙리 4세는 가톨릭교회를 수호하는 프랑스 왕실의 법통을 이어받으면서도 동시에 낭트칙령을 통해 개신교도의 권익을 최대한 보호해주려 노력했다. 특히 가톨릭 세력의 아성인 파리의 민심을 사기 위해 오늘날 관광명소 중 하나가 된 퐁뇌프Pont Neuf('새 다리')를 건설하는 등 상당한 노력을 기울였으나, 1610년 개신교도에 대한 유화책을 혐오한 가톨릭 과격파의 손에 암살당하고 만다. 이후 그의 아들 루이 13세는 위그노들의 자치권을 박탈했고, 손자 루이 14세는 1685년에 할아버지가 제정한 낭트칙령을 폐기하여 프랑스 안에서 개신교도들이 설 자리를 완전히 없애버렸다.

천재 수학자 겸 과학자이자 발명가인 블레즈 파스칼(1623-1662)은 데카르트보다 대략 한 세대 뒤 인물이다. 파스칼이 살았던 17세기 전반부는 과학의 혁명과 합리주의의 진전 못지않게, 어떠한 종파의 기독교 신앙을 고백하는가가 개인이나 공동체, 국가 차원에서 여전히 민감하고 중요한 문제였다. 보수세력은 칼뱅파를 제압하고 나서도 가톨릭교회 내부의 운동인 '얀세니즘Jansenism'에 신경질적 반응을 보였다. 사안이 그럴 만도 했다. 인간은 누구나 교회의 적절한 지도를 받고 선행을 하거나 기부를 하는 등의 노력으로 구원에 이를 수 있고, 설사 당장은 아니더라도 연옥에서 일정 기간을 지내면 천국에 들어갈 수 있다는, 이 낙관적인 시나리오가 인간 조건의 모습인가? 아니면 성 아우구스티누스나 칼뱅이 설파한 대로 인간은 절대적으로 타락한 존재이므로, 오로지 일방적인 하느님의 은총으로만 구원받고 죄악의 속성을 씻어낼 수 있는가? 전자는 중세교회의 교리이고, 후자는 플랑드르의 가톨릭 신학자 코르넬리우스 오토 얀센이 그 원조 격인 '얀세니즘'의 시각이다. 얀세니즘은 프랑스에서 번창했고 파리의 포르루아얄 여자수도원을 중심으로 지식인들 사이에 널리 퍼져나갔다. 원죄로 인한 인간의 절대적 타락과 예정에 의한 하느님의 일방적 구원을 믿는 이들의 신학은 사실상 칼뱅주의와 별로 다를 게 없었다. 그러니 교회 지도자들, 특히 전통 가톨릭 교리를 수호하고 부분적으로만 개혁을 허용한 반종교개혁의 선봉대 역을 맡은 예수회Jesuits는 얀세니즘과 포르루아얄을 가만히 내버려두지 않았다.

파스칼은 얀센이나 칼뱅 같은 신학자가 아니다. 수학사와 물리학사에 한 획을 그은 놀라운 업적들을 남겼고 심지어 컴퓨터의 조상 중 하나인 자동계산기까지 만들어낸 수리의 귀재가 바로 파스칼 아니던가. 요즘 식으로 말하면 그는 노벨상을 타고 특허출원 건수도 무수히 많을, '잘나가는' 과학자의 전형이다. 이 파스칼이 얀세니즘의 색채가 짙게 배인, 아니 정확히 말해서 사도 바울, 성 아우구스티누스, 칼뱅으로 이어지는 인간 조건의 근본적 비극성과 하느님의 절대 주권에의 의존이라는 지극히 '바로크적' 신념을 담아낸 고전을 후대에 남겨주었다. 그의 명상들은 사후에 『팡세pensées』라는 이름의 책으로 묶인다. '생각들', '생각해본 것들'이란 의미의 'pensées'는 인간의 타락과 구원에 대한 생각들이지, 그냥 막연하게 이런저런 '생각들'을 모아놓은 것은 절대로 아니다.

파스칼에게서 나타나는 과학에서 신학으로의 '급전환'처럼 바로크적 순간도 드물 것이다. 양쪽 모두 그 분야에서 최고의 경지이자 최대치의 진정성을 담고 있으니 둘의 대립과 대조는 팽팽한 긴장상태에 서 있다. 파스칼의 누이동생 자클린이 얀세니즘의 본거지인 포르루아얄에 수녀로 들어가 있었다는 것이 이러한 전환의 한 계기였을 수는 있다.[49] 하지만 그의 전환을 이러한 객관적 논리로만 설명하기는 어렵다. 논증과 논설에 능통한 파스칼 본인도 자신의 삶의 이러한 급전환을 신비로운 '사건'과 '순간'으로 이해했다. 그의 사망 후, 하인이 시신을 수습하려 하는데 저고리 한쪽이 이상하게 두툼한 것을 의아하게 생각했다. 그래서 저고리의 안감을 뜯어보니 거기에 양피지 문건이 하나 들어 있었다. 저고리 반대편에는 같은 문건의 종이 필사본이 들어 있었다. 양피지 원본은 사라졌지만 이 필사본은 오늘날까지 그대로 전해졌다.[50]

이 진기한 문건은 「파스칼의 회상록Le Mémorial de Pascal」으로 불린다. 양피지 맨 위의 십자가 표시 밑에 "은혜의 해 1654년"이라고 적혀 있고, 과학자답게 "11월 23일 월요일, 성 클레망의 날…… 대략 밤 10시 반부터 밤 12시 반까지"라고 정확한 날짜와 시간을 밝히고 있다. 그러나 그다음 줄에는 "불"이라는 외마디만 대문자로 적혀 있다. 이 "불"의 충격적 체험을 기술하는 본문에는 논리의 선명성을 기대하기 어려운 함축적이고 단편적인 인용이 그 자신의 말과 함께 다음과 같이 뒤섞여 있다.(*로 표시한 행은 라틴어로 쓰여 있다.)

"아브라함의 하느님, 이삭의 하느님, 야곱의 하느님."

철학자와 유식한 자들의 하느님이 아닌.

확신, 확신, 느낌, 기쁨, 평안

예수 그리스도의 하느님.

나의 하느님이자 당신들의 하느님*

"당신의 하느님이 나의 하느님이 되리니."

세상과 모든 것을 잊는다, 하느님 말고는.

그것은 오로지 복음서가 가르친 길들을 통해서만 이루어진다.

인간 영혼의 장대함.

"공의로우신 아버지시여, 이 세상은 당신을 전혀 알지 못하나, 저는 당신을 알았나이다."

기쁨, 기쁨, 기쁨, 기쁨의 눈물.

나는 그로부터 떨어져 있었다.

생명수의 원천인 나를 그들은 저버렸도다.*

"나의 하느님, 제게서 떠나시렵니까?"

영원히 그로부터 내가 떨어져 있지 않도록 하소서.

"유일한 참 하느님 당신을 알고 당신이 보낸 그분인 예수 그리스도를 아는 것, 이것이 영원한 삶입니다."

예수 그리스도.

예수 그리스도.

나는 그로부터 떨어져 있었고, 그로부터 도망갔고, 그를 버렸고, 십자가에 못박았다.

다시는 내가 그로부터 떨어져 있지 않도록 하소서.

그는 오로지 복음서가 가르친 길들을 통해서만 보존할 수 있다.

완전하고 부드러운 포기.

예수 그리스도와 나의 안내자에 대한 완전한 복종.

이 땅에서 하루의 실천을 통해 영원한 기쁨을 얻다.

당신의 말씀을 잊지 않도록 하소서, 아멘.

이 문건을 어떻게 해석하건 간에 또는 해석자의 입장과 종교(의 유무)와 상관없이, 한 뛰어난 지식인의 품속에서 1654년부터 그가 죽은 1662년까지 8년간 같이 숨쉬었던 이 양피지의 생생한 체취에는 감동할 것이다. 파스칼은 저고리('두블레'라고 불린, 몸에 딱 붙는 속재킷)가 닳아서 새 옷으로 바꿀 때마다 이 양피지와 종이 복사본을 다시 집어넣고 손수 꿰맸다. 이 사실이 사후에야 알려질 만큼 이 문건이 가장 내밀한 자신의 비밀이었다는 점에서, 파스칼이 병약해져서 죽어가던 무렵인 1660년대 초에 한창 신나게 비밀일기를 쓰며 인생을 즐기던 피프스와 비교할 수 있다. 물론 하느님과 예수 그리스도 앞에 완전한 헌신을 기억하고 다짐하는 금욕주의자 파스칼의 「회상록」과 세속적인 삶의 활기를 기념하는 쾌락주의자 피프스의 일기는 서로 다른 차원에 있다. 당대 생활상을 생생하게 담아내는 '참여관찰자' 피프스의 일기가 햄릿이 말한 "세상을 비춰주는 거울"(3.2.17)이라면, 파스칼은 절대자라는 거울 앞에서 자신의 실존적 모습을 비춰본다고 할 수 있다. 그 모습은 "그로부터 떨어져 있었"던, "생명수의 원천"인 예수를 저버렸음을 깨닫고 참회하는 자의 모습이다. 이렇게 참회하는 자신의 영혼에 비친 하느님, 예수 그리스도의 모습은 그에게 확신의 눈물과 넘치는 환희를 선물한다.

파스칼이 바라보는 인간과 세계의 구도는 지극히 바로크적이다. 절대자 하느님과 중재자 예수 안에서의 환희 정반대편에는 죽음을 향해 다가가는 타락한 인간 존재의 근본적 불행이 자리잡고 있다. 그 사이를 메울 어떤 인위적 방법도 주어져 있지 않다. 예술, 사교, 교양, 야심, 권력, 사랑, 신화 등 르네상스가 추구하고 찬미한 인간의 자족성과 존엄성에 내해, 그는 햄릿처럼 깊은 회의를 표명한다.

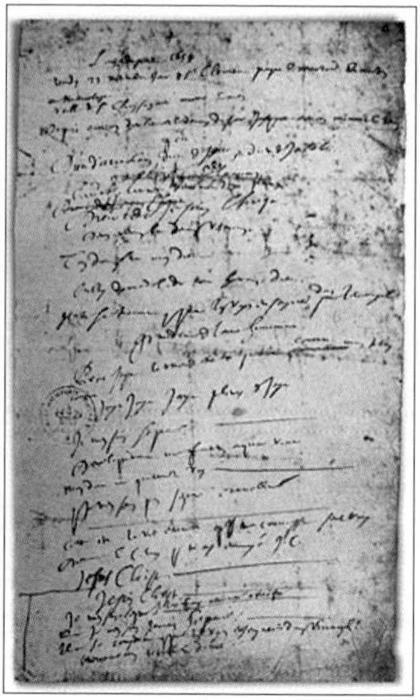

파스칼의 「회상록」 원본.

> 인간은 참으로 대단한 작품 아닌가! 이성은 고매하고! 무한한 능력을 갖고 있으며! 형체와 거동은 얼마나 정교하고 감탄할 만한가! 행동에 있어서는 천사와도 같지 않은가! 이해의 능력은 신과도 같지 않은가! 이 세상의 아름다움! 동물 중의 귀감! 하지만 내가 보기에는, 그저 본질이 티끌인 먼지 같은 존재일 뿐 아닌가?(『햄릿』 2.2.281-292)

햄릿의 속셈을 떠보러 온 '친구' 로젠크란츠와 길덴스턴에게 던지는 햄릿의 이 대사는 파스칼의 입장과 매우 유사한다. 수학자 파스칼이 바라본 인간은 우주 속에서 하나의 "점", 그것도 "매우 연약한 점"에 불과하다.(72.26)[51] "인간은 자연 속에서 무엇인가? 무한성과 관련해서는 무無이며, 무와 관련해서는 전부이니, 무와 전부 사이의 중간이다. 이 두 극단을 이해하는 경지에서 무한히 멀어져 있기에 인간에게 사물의 목적과 원리는 극복할 수 없는 견고한 비밀 속에 숨겨져 있다. 그러니 인간은 자신의 발원지인 무와 자기를 삼켜버리는 무한성 둘 다 보지 못한다"(72.29)라고 파스칼은 말한다. 햄릿의 표현대로 "대단한 작품" 인간의 감각은 정작 별로 대단할 게 없다. "극단적인 소음에 귀가 멀고 극도의 빛에는 눈이 부시고, 너무 멀거나 너무 가까운 대상은 시야를 저해하고, 너무 길거나 너무 짧은 담론은 이해를 혼미하게 하고, 극도의 진실은 우리를 경악하게 만들며…… 극도의 쾌락은 우리를 거북하게 한다."(72.31) "신과도 같은" 인간의 이해능력은 사실상 이도 저도 아닌 어중간한 상태, "확실한 지식과 절대적 무지 사이"(72.32)에 걸려 있을 따름이다. 인간들끼리 우열을 가리는 것, 천재 오르페오와 악보는커녕 글도 못 읽는 농군을 구별하는 것은 별 의미가 없다. 오르페오도 순간의 의심 때문에 일을 그르친, 한계와 약점이 많은 인간이다. "극도의 무한성의 시각에서 볼 때 모든 유한성은 동등하다."(72.33) 극과 극의 대조를 자연에서 발견하는 파스칼[52]은 인간을 '믿는' 르네상스적 논자들을 향해 조롱조로 반문한다.

> 인간이란 참으로 하나의 키메라 아닌가! 참으로 신기한 존재! 괴물 같은 혼란의 극치, 모순덩어리면서도 기적 같은 존재! 모든 사물을 다 판단하면서 땅에 기어다니는 아둔한 벌레, 진실의 보고이자 불확실함과 오류의 시궁창, 우주의 자랑이자 쓰레기가 아니던가.(434.198)

그는 확실히 햄릿의 친구이다. 어디 그뿐인가. 그 누구건 삶의 기한이 정해진 유한한 인간의 형편은, 결혼 직후 저승으로 끌려간 유리디체의 짧은 생애가 웅변적으로 말해주듯, 또는 비운의 오필리아나 햄릿의 칼에 혼이 몸을 떠난 그녀의 아버지 폴로니어스, 독과 칼로 죽어가는 『햄릿』 마지막 장면의 주요 인물들이 질리도록 강조하듯, 모든 인간은 불가피한 죽음을 기다리는 사형수들이나 마찬가지다.

> 여러 사람이 쇠사슬에 묶여 있는 모습을 상상해보자. 이들은 모두 죽음의 벌을 받을 몸이라 매일 몇 사람씩 다른 사람들이 보는 앞에서 칼로 목이 베이니, 남아 있는 자들은 동료들의 죽는 모습에서 자신들이 놓인 처지를 생생하게 목도한다. 그리고 서로를 비통하고 절망적인 눈으로 바라보며 자신의 차례를 기다린다. 이것이 인간 조건의 이미지다.(199.103)

그야말로 바로크적 이미지가 아닐 수 없다. 아니, 사르트르식 '실존주의'의 원형이라고도 할 만하다. 물론 지나친 과장이긴 하다. 『햄릿』도 시작하자마자 곧장 살육과 독살로 직행하지는 않는다. 그사이 잔치와 술판, 웃음, 조롱, 극중극 등 사뭇 다채로운 장면들이 끼어든다. 그러나 결말은 『햄릿』처럼 잔혹한 죽음의 비극이다. "마지막 막幕은 피투성이다. 나머지 부분의 희극이 아무리 멋지다 해도. 땅에 묻힌 시신의 머리 위에 흙을 한 삽 던지면, 그것으로 영원히 끝장인 것이다."(210.106) 이 이미지는 『햄릿』 5막 1장, 해골을 든 햄릿이 호레이시오에게 던지는 말들을 연상시킨다. 거기 묻힌 게 알렉산드로스 대왕의 해골일

지도 모르지 않나? 아니, 설사 그렇다고 한들 무슨 소용인가? 어차피 해골은 해골일 뿐이다. 이것이 햄릿의 깨달음이었으나, 이 시점은 비극의 5막이다. 그도 곧 죽을 운명이요, 썩어서 '해골'만 남을 순간이 임박했다.

이렇듯 처참한 인간 조건을 직시하지 않고 "내게 남은 얼마 안 되는 삶을 사는 데 전념하"며 자신을 탐색하는 몽테뉴는, 파스칼이 보기에 "구원의 문제를 경시하고 두려움이나 뉘우침 없는" 태도를 조장해 "죽음에 대한 이교도적 감성"을 설파했다는 점에서 "용납할 수 없는"(63.23) 과오를 저질렀다. 몽테뉴는 '전前바로크적' 인물이기도 하지만 피투성이 "마지막 막"보다는 멋지고 화려한 "나머지 부분의 희극"을 탐구한 르네상스적 저자이다. 무와 전부, 극대치와 극소치, 극과 극이 서로 겹쳐 있는 바로크의 심연에서 외치는 파스칼은 하느님 없는, 하느님 바깥에 있는 인간에게 희망의 여지를 전혀 인정해주지 않는다.

종교 사상가 이전에 과학자인 파스칼의 분석은 가차없이 냉혹하고 단정적이다.[53] "하느님의 은총이 없는 인간"은 "오류투성이 주체"일 뿐이다. 이성과 감각은 서로를 호도한다. "감각은 그릇된 외관으로 이성을 속이고" 다시 그렇게 속인 이성에게 역으로 속는다.(83.47) 인간은 "자기 자신에게 있어서, 또한 남들과의 관계에 있어서 위장과 거짓말, 위선일 뿐"이다. "남들이 자기에게 진실을 말해주기를 원하지 않고 남들에게도 진실을 말해주기를 회피하니, 이런 온갖 기질 때문에 의와 이성에서 그토록 멀어져 있을"(100.56) 수밖에 없다. "우리는 그 어떤 상황에서도 불행"하기 마련이다. "우리의 욕망이 우리가 처한 상황에다 처하지 않은 상황의 쾌락을 연관시키므로 행복한 상황을 우리 앞에 그려주지만, 우리가 바라던 쾌락의 경지에 도달하고 나면 우리는 더이상 행복하지 않을 것이다. 그 새로운 상황이 야기한 또다른 욕구들을 품게 될 것이니."(109.60) 굳이 자크 라캉의 복잡한 '이론'이나 '도표'까지 동원할 필요가 없다. 파스칼은 이미 '욕망'과 '결핍'의 상관관계를 정확히, 알아듣기 쉬운 말로 풀어주고 있다. 파스칼의 '정신분석'은 더 나아가 '나르시시즘'과 '쾌락원칙'의 불만족스러움을 다음과 같이 설명해준다.

> '나'는 자신만을 사랑하고 오로지 자신만을 배려하는 속성을 갖는다. 하지만 어쩔 것인가? 자신이 사랑하는 그 대상이 흠과 불행 투성이가 되지 않도록 할 도리가 없으니. '나'는 위대하고 싶으나 막상 보면 왜소하고, 행복하고 싶으나 막상 보면 불행하며, 완전하고 싶으나 막상 보면 불완전함으로 꽉 차 있다. ……자신의 실상이 이렇듯 당혹스럽기에 인간은 자신이 상상할 수 있는 가장 부당하고 가장 범죄적인 열정을 품게 된다. 왜냐하면 그는 자신이 되풀이해서 발견하는, 자신의 약점을 확인시켜주는 이 진실에 대해 살기등등한 혐오감을 갖게 되기 때문이다. 그는 그 진실을 제거해버리기를 바라지만 자기 속에 있는 인식은 파괴할 수 없기에, 할 수 있는 한 다른 사람들의 인식 속에서는 그것을 파괴하려 든다. 다시 말해 그는 온 정성을 기울여 자신의 약점을 타인과 자기 자신으로부터 위장한다.(100.53-54)

이러한 자기애의 뒤틀린 '방어기제'가 인간 사회의 근본 원리라면 '나'의 삶은 끝없는 위장과 자기기만과 진실 '억압'의 고단한 과정으로 요약될 것이다. 또한 언제 죽어 쓰러질지, 이미 선고된 사형선고가 어느 날 갑자기 집행될지 모르기에 인간은 항속적 불안에 시달리는 삶을 산다.

인간은 진정한 행복과 참된 평안 대신, 클로디어스의 잔치나 햄릿의 극중극, 아니 셰익스피어의 『햄릿』 공연처럼 '오락' 내지는 '기분전환divertissement'을 미봉책으로 탐구한다. 파스칼이 말하는 'divertissement'은 좁은 의미의 오락만 지칭하는 말이 아니다. 아무리 부유하고 권력이 많다고 해도 "모든 인간의 불행은 오직 한 가지 사실, 방 안에서 평안히 쉴 줄 모른다는 데서 연유한다."(139.66) 인간 조건의 원초적 불행을 느끼기에 "그 어떤 것도 위로가 되지 못하"지만, 신경을 분산시킬 오락과 놀이, "노름과 여인들과의 대화, 전쟁, 거창한 기획"(139.67) 따위를 추구한다. 르네상스의 근사한 업적들을 포함한 인간의 문명은 실존적 진실을 회피하게 해주는 '기분전환'이거나, 아니면 이 말의 어원적 의미 그대로 "자신에 대한 생각을 다른 데로 돌려놓는"(139.69) '우회로'들일 뿐이다. 인간은 이러한 오락과 '딴짓'들로 "자신의 지속적인 불행에 대한 불만스런 느낌"을 잠재워보려 한다. 마음속 깊이 느껴지는 불안과 비참함을 억누르려 동원하는 이러한 "오락거리들"이 없을 때는 한 나라의 왕도 "가장 불행한 인간"에 불과하다.(142.73) 하지만 다른 한편 인간의 최초 타락 전 "원초적 속성"에서 오는 "또다른 비밀스런 본능"이 있다. 이 본능은 "행복은 소란이 아닌 안식에서 오는 것"임을 상기시켜주기에, 우리는 안식을 추구하느라 부산을 떨고

소란을 피우지만 안식을 얻는 비밀은 영혼 깊숙이 숨겨져 있다.(139.69)

> 인간은 안식을 찾느라 몇 가지 장애물들을 제거하려 분투하지만 이것들을 극복하고 나도 안식은 찾을 수가 없다. 자기를 엄습했거나 엄습하려 드는 비참함에 대한 생각을 하게 되기 때문이다. 그래서 모든 위험을 완벽히 차단했다고 안심하는 순간 권태가 고유한 권위를 주장하며, 원래 가슴속 깊숙이 뿌리를 내리고 있었기에 거기에 도사린 채 나가려 하지 않고 권태의 독을 영혼에 가득 채운다.(139.70)

포괄적인 의미에서 '오락'과 권태, 본질을 망각케 하는 '딴짓'과 휴식, 번잡함과 고요함은 서로 띠처럼 맞물려 접히고 뒤집히는 바로크적 이중성의 전형적인 모습으로 엮인다.[54] 그리고 그것은 인간이 "자신의 모습을 직시하는 것을 막기 때문에, 인간을 자신도 모르게 파멸로 이끄는" 주범이다. "오락이 없다면 우리는 권태에 빠지고, 권태는 거기에서 벗어날 더욱더 강렬한 방법을 찾도록 부추긴다. 하지만 오락은 흥미를 돋우며 우리가 모르는 사이에 우리를 죽음에 당도하게 만든다."(171.82)

그렇다면 무익한 오락과 감각적 쾌락에 거리를 두는 '스토아학파적' 입장이 하나의 대답이 될 수 있을까? 데카르트식의 철저한 사유의 힘으로 회의의 긴장을 풀지 않거나, 아니면 불교식으로 욕심과 집착을 버리고 '무'를 사유하는 것으로, 인간이 인간의 미약함을 이길 수 있을까? 파스칼의 '명언'으로 떠돌아다니는 그 유명한 명제, '인간은 생각하는 갈대이다'만 떼어놓고 보면 '생각'이 '갈대'의 취약함을 극복할 수 있으리라는 인문주의적·르네상스적 해답을 그가 제시했다고 오해할 법하다. 하지만 원문 속에 이 명제를 집어넣으면 전형적인 바로크식 대조 속에 이 명제가 배치되었음을 알 수 있다.

> 인간은 자연 속에서도 가장 연약한 하나의 갈대에 불과하다. 하지만 이 갈대는 생각하는 갈대이다. 그를 짓눌러 없애기 위해 우주 전체가 무장하고 달려들 필요가 없다. 하나의 수증기, 물 한 방울로도 충분히 그를 죽일 수 있으니 말이다. 하지만 우주가 그를 짓눌러 없애는 동안 인간은 자신을 죽이는 자보다 더 고매할 수 있다. 왜냐하면 그는 자신이 죽는다는 것을, 우주가 자신보다 유리한 입장이라는 것을 알고 있기 때문이다. 반면에 우주는 전혀 그런 것을 알지 못한다.(347.161-162)

"우리의 존엄성은 전적으로 사유"에 달려 있으나, 이 사유의 존엄성은 갈대와도 같은 존재의 나약함과 맞물려 있다. 또한 이 사유는 이 갈대가 어떻게 보다 더 단단한 가지와 줄기로 변할 것인가를 도모하는, 기술과 예술, 기계와 체계를 꾸며내는 도구적 사유, 르네상스적 사유가 아니다. 그것은 죽음의 불가피성에 대한 사유, 자신의 '갈대성'에 대한 사유이다.

생각하는 갈대로서 인간은 인간이 갈대에 불과함을 생각한다. 자신이 알 수 없는 것이 얼마나 많은지에 대한, 생각의 한계에 대한 그런 사유가 '이성의 궁극적 단계'이다. "자연에 속한 것들도 그의 생각을 넘어서는데, 초자연적인 것들은 오죽 더 그럴까?"(267.132) 자신의 '갈대성'을 깨닫는 것이 생각의 궁극적 도달 지점이라면, 진실이 아닌 것을 진실로 착각하고, 알지 못하는 바들을 안다고 자만하는 자기기만은 철저히 경계해야 할 것이다. 이 점에서 파스칼은 감각에 대한 깊은 불신을 토대로 사유하는 '나'의 '있음'을 확인한 데카르트와 통한다. 파스칼은 진정한 사유의 적을 '공상imagination'으로 명명한다. 여기에는 현실 사회의 온갖 제도와 법률, 정치, 관습 등 "인간 속 제2의 자연" 내지는 천성처럼 자리잡은 '문명'의 항목들 대부분이 포함된다.(82.44) "아름다움, 정의, 행복"(45) 등 세속적 가치들은 모두 편견과 착각을 투사한 공상의 산물들일 뿐이다. 게다가 데카르트와 마찬가지로, 통상적 의미에서의 '나'라는 인식도 이러한 공상의 영역에 포함된다.

이른바 '나'라는 것은 무엇인가?

창문에 기대어 지나가는 행인들을 보고 있는 사람이 있다고 치자. 만약 내가 그쪽으로 지나간다면, 그는 나를 보기 위해 거기에 서 있는 것인가? 아니다. 그는 딱히 나라는 존재에 대한 생각이 없다. 아니면, 어떤 사람의 미모 때문에 그를 사랑하는 자가 있다면, 그를 사랑하는 것일까? 아니다. 천연두가 그 사람은 죽이지 않아도 그의 미모를 죽일 수 있고, 더이상 그를 사랑하지 않게 만들 것이다.

또한 남들이 나의 판단력이나 나의 기억력 때문에 나를 사랑한다면, 이들이 '나'를 사랑하는 것일까? 아니다. 나는 나 자신을 잃지 않더라도 이러한 자질들은 잃을 수 있다. ……사람들은 인간 자체

를 사랑하는 법은 없고 오로지 그 속성들만을 사랑한다.(323.152-153)

'나'는 한편으로는 '남'이 '나'를 인식하리라는, 사뭇 라캉적인 '오인'의 산물이다. 이러한 오인은 창문에 기대선 자의 시선을 '착각의 자유'를 행사하여 '나'한테 맞춰놓는다. 다른 한편 '나'는 남들에게 보이는, 남들이 인정하는, 남들에게 유익한 요소나 부분에 의해 환유적으로 대변된다. '나'는 나의 '재주'이거나 '장점'이거나 내가 소유한 바들이다. 그러나 두 경우 모두 허상이거나 가변적이라는 점에서 나의 본질적 모습은 아니다.

진정한 '나'는 나의 가변적 속성들이 아닌 불변의 요소에서 찾아야 할 것이다. 데카르트의 경우, 그것은 회의하는 '나'의 생각하는 힘이었다. 그러나 데카르트의 '생각하는 나'는 파스칼의 '생각하는 갈대'보다 훨씬 더 나은 지위에 있다. 그가 회의하는 순간 자신의 존재를 확인할뿐더러 무한함과 완벽함으로서의 절대자의 존재, 하느님을 인식했으니 말이다. 파스칼이 보기에 바로 이 점이 데카르트의 문제이다. 데카르트가 하느님을 절대성의 비인격적 힘으로만, "세계를 움직이는 원동력"으로만 축소해놓았다는 점은 "용서받을 수 없다"(77.40)는 것이다. 회의하는 이성이 절대적 선을 사유할 수 있기에 하느님의 존재를 인식할 수 있다는 데카르트의 입장도 파스칼이 보기에는 너무나 안이하다. 이성으로만 하느님을 사유하는 것은, 철학사나 사상사가 집중적으로 조명하는 파스칼의 '내기' 내지는 '투기[pari]'가 제시하듯, 하나의 확률게임에 불과하다. '나' 홀로 이성의 힘에 의

지해 존재의 문제를 해결할 수 없기에 '투기'하는 것이다.[55] 하느님이 있으면 '무한대'라는 판돈을 얻는다. 없다고 해도 정작 내 쪽에서 건 게 없으니 '무'만을 잃는다.(233.111) 『팡세』 전체의 맥락에서 본다면, 독자적으로 명성을 누리는 이미지인 '내기'는 통상적 이성의 논리로 하느님을 인식할 수 없다는 전제를 강조하려는 비유이다. 말하자면 데카르트 비판으로 해석해야 옳다.

파스칼은 말한다. "하느님은 존재하거나 아니면 존재하지 않는다. 하지만 어떤 쪽으로 우리가 생각할 것인가? 이성은 전혀 결정할 수가 없다." 하느님의 존재 여부에 대한 정답과 이성적 사유 사이에는 "무한한 혼돈"이 가로놓여 있다. 이성이 알 수 있는 바들이 없는 것은 아니다. "우리는 유한함의 존재와 속성을, 우리도 그와 같이 유한한 연장체이기에 인식한다. 우리는 무한함의 존재는 알지만 그 속성을 인식하지 못한다. 왜냐하면 무한함도 우리처럼 연장체이긴 하지만 우리처럼 한계지워지지 않았기 때문이다." 하지만 하느님은 무한성도 넘어서는 절대적 존재이다. 따라서 "우리는 하느님의 존재나 속성을 알지 못한다. 왜냐하면 그는 연장체도 아니고 한계도 없기 때문이다." 그렇다면 어떻게 절대자를 알 수 있는가? 파스칼의 대답이 '투기의 확률게임을 통해서'인가? 전혀 아니다. "우리는 믿음을 통해 그의 존재를 알고, 그의 영광을 보며, 그의 속성을 안다"(233.113)라고 그는 분명히 밝혔다. '투기'의 수사법은 믿음이 없는 자들을 위한 하나의 설득 방법에 불과하다. 『팡세』 233번, 「투기론」의 마지막에 파스칼은 독자들이 이 담론에만 매료되지 말 것을 경고한다.

> 이 담론이 당신을 즐겁게 했고 아주 설득력 있어 보였다면, 잊지 마시오. 이것은 담론을 펴기 전과 후에, 무한하시고 하나이신 그 존재에게 기도하기 위해 무릎을 꿇은 사람이 지어낸 것임을, 그리하여 그분께 자신의 모든 것을 바치고 그대 또한 그대의 진정한 유익함을 위해 그대가 가진 모든 것을 바치기를 기원하며, 그리하여 그 낮아짐의 자세와 우리의 능력이 조화되도록 기도했음을.(233.117)

파스칼의 『팡세』는 조용한 서재 책상에 앉아서 회의하는 데카르트의 명상이 아니다. 하느님과의 뜨거운 만남의 기록을 품에 안고, 무릎 꿇어 기도하는 파스칼의 담론은 그 담론 너머, 그 전과 후, 하느님 앞에 고개 숙인 '낮아짐bassesse'의 힘을 강조한다.

그 낮아짐과 복종, 무릎 꿇은 간구 속에 진정한 행복이 있다. 데카르트와 파스칼의 가장 결정적인 차이는 파스칼이 인간의 '인식'이 아니라 인간의 '행복'을 논의의 중심에 두고 있다는 점이다. 이런 측면에서 파스칼은 인간 삶의 제반 조건의 행복과 불행을 명상하는 몽테뉴와 더 가깝다. 하지만 파스칼이 보기에는 인간 조건이 다각적 '탐색essai'의 대상이 될 여지는 없다. 인간이 처한 근본적 모순의 구도는 너무나 명확하기 때문이다. "우리는 불행하긴 해도, 우리의 인간 조건은 전혀 위대할 게 없긴 해도, 우리는 행복의 개념을 갖고 있다. 하지만 거기에 도달할 수가 없다. 우리는 진실의 모습을 어렴풋이 짐작하지만, 거짓만을 소유하고 있을 뿐이다. 절대적 무지도, 확고한 지식도 가질 수 없는 우리는 우리가 불행히도 거기서 떨어져나온 완벽의 경지에 있었음을 분명히 감지한다."(434.199) 파스칼의 바로크적 인간관은 다시금 햄릿과 만난다. 햄릿의 '죽느냐, 사느냐' 독백에서처럼, 죽음이 끝이라면 존재의 모순을 죽음으로 정리하면 그만이겠으나, "그 죽음의 잠 속에서, 도대체 무슨 꿈을 꾸게 될지" 알지 못하니, 인간이란 삶의 갈등과 죽음의 미지 속에서 불안에 떨며 지내는, 근본적으로 불행한 존재이다.

물론 햄릿과는 달리 과학자 파스칼에게 죽은 후의 악몽은 더 이상 가설이 아니라 확실성이라는 차이가 있다. 파스칼이 보기에 딜레마의 두 축은 죽음의 영속성과 죽음을 향해 다가가는 '삶'의 순간성이다. "이 삶의 시간은 한순간에 불과하고 죽음의 상태는 영원히 지속된다는 것은 의심의 여지가 없"는 전제이다. 그렇다면 순간적 삶을 사는 우리의 품성이나 행동은 죽음의 영원성이라는 확실한 "목표 지점"에 맞춰지는 것이 합리적 태도일 것이다. "삶의 그 궁극적 종착점을 생각하지 않으며 살아가는 사람들, 반성하지 않고 걱정도 없이 기질과 쾌락에 이끌리는 삶을 사는 자들, 그리하여 생각을 그쪽으로 안 돌리면 영원성을 없애버릴 수 있는 듯 사는 자들, 오로지 순간의 차원에서만 행복해볼 궁리를 하는" 대부분의 인간에게 파스칼은 충고한다.

> 그럼에도 불구하고 이 영원성은 여전히 거기에 있고, 영원의 문을 열어놓은 죽음은 매순간 이들을 협박한다. 따라서 얼마 안 있다가 이들은 영원성의 형편이 둘 중 어떤 쪽으로 준비되어 있는지 모르는 상태에서, 영원히 없어져버린 상태 아니면 불행에 처하게 되는 끔찍한 필연성과 불가피하게 직면할 것이다.(195.101)

죽음의 불안을 잠재울 순간의 오락과 쾌락을 추구하느냐, 아니면 죽음을 통해 들어갈 영원한 행복을 준비하느냐? 그 대답을 이성이 아니라 믿음과 계시, "기쁨, 기쁨, 기쁨, 기쁨의 눈물"에서 찾는다는 점에서, 바로크적 지성 파스칼은 두툼한 법전 같은 체계 속에 신학의 제반 문제를 이성적 글쓰기로 정리해놓은 칼뱅과 다르다. '조직신학'의 논증은 물론이요, 『팡세』의 예리한 대구와 단편적 혜안도 진정한 대답이 아니다. 참 진실은 파스칼의 품 안에서 그의 심장과 함께 숨쉬던 양피지 「회고록」 속에, 무릎 꿇은 파스칼의 갈급한 영혼 속에, 그 희열 속에 담겨 있다.

이 장은 이 책에서 가장 길다. 나는 파스칼을 햄릿 다음으로 특별히 대접했다. 그것은 그가 바로크 정신을 가장 잘 대표한다고 보기 때문이다. 동시에 그가 나의 생각, 심정, 체험, 믿음을 대변해주기 때문이다. 기쁨의 눈물을 가슴에 품은 철학자, 지식인, 저자인 파스칼. 주여, 그의 자리로 나를 인도하소서.

4막

복수

『햄릿』의 플롯을 한마디로 요약하면, '복수의 지연'이라고 할 수 있다. 햄릿은 끝까지 일을 미루다가 결국 복수를 안 할 수 없는 불가피한 상황에 밀려서야 복수를 실행한다. 아버지의 원수를 갚아야 할 아들의 입장이 아니라, 독살 음모로 죽어가며 자신의 목숨을 노린 클로디어스에게 보복하는 입장이 되어서야 그를 죽인다. 결국 햄릿은 유령의 명령을 이행한 것이기도 하고 아니기도 하다. '유령'의 명령은 이 단계에서는 '명령의 유령', '유령 같은' 명령으로 변해 있다.

햄릿은 왜 복수를 미루는가? 유령의 말을 확증해야 하기 때문이기도 하지만, 복수는 피를 흘리는 일이기에 종교개혁에 영향을 받은 비텐베르크 대학생 햄릿은 이를 즉각 실행에 옮기기를 주저한다. 피를 피로 갚는 것은 개신교이건 가톨릭이건, 기독교 정신에는 맞지 않는다. 그것은 원수를 원수로 갚는 이교도 또는 무신론자의 규범, 심지어 지옥의 논리임을 햄릿은 의식하고 있다. 유령은 "이 더럽고 지극히 도리에 어긋나는 살인을 복수해다오"(1.5.25)라고 당부한다. 유령이 떠나자마자 햄릿은 충격에 사로잡혀 "아 그대들 하늘의 천사들이여! 오, 지구여! 또 뭐가 있나? 지옥도 거기에 덧붙일까?"(92-93)라고 외친다. 살인을 또다른 살인으로 갚으라는 명령은 천사들이나 인간들의 세계를 넘어 지옥까지 개입시키는 것임을 즉각 감지한 것이다. 오로지 "당신의 계명만이 내 뇌의 책마다 그 속에서 살아 숨쉴 것이오"(102-103)라고 햄릿은 다짐하지만, 이어지는 장면들에서, 특히 그의 "뇌의 책"을 낭독하는 셈인 독백을 보면, 다른 계명과 생각이 계속 이 유령의 보복 명령을 방해하고 있음을 알 수 있다. 복수의 계명은 살인에는 살인으로 대응하라고 하지만, 그리스도의 계명은 원수를 사랑하는 용서를 가르친다. 복수를 미루는 자기 자신을 다그치는 독백들, 특히 네번째와 여섯번째 독백은 지옥과 악마를 떠올리는 반기독교적 표현으로 넘쳐난다.

자 이제 밤의 마녀들이 활동하기 딱 좋은 시간이구나,
교회 무덤들이 열리고, 지옥이 직접 오염된 기운을
이 세상에 내뿜는 이 시간. 자 이제 나는 뜨거운 피라도
마실 수 있겠고, 대낮이 보면 치를 떨며 질릴
쓰디쓴 업무도 처리할 수 있겠다.(3.2.349-353)

지옥 불에 달군 것 같은 이러한 살기는 엉뚱하게 폴로니어스나 죽이고 마는 것으로 소진되고, 복수의 과업은 다시 지연된다. 영국에 가서 죽을 위험에 처한 줄도 모른 채 배를 타기 직전, 그는 포틴브라스 군대의 행진 모습에 새삼 자극을 받아서 이렇게 말한다.

> 내 처지는 어떠한가.
> 아버지는 죽임을 당하고 어머니는 몸이 더렵혀졌고,
> 내 이성과 내 피가 들끓어서
> 다른 모든 것을 잠재워야 하건만, 나는 수치스럽게도,
> 이 만 명의 사내들이 임박한 죽음을 아랑곳하지 않고
> 명예의 환상과 속임수에 이끌려 무덤이 마치 침상인 양
> 행진해가는 모습을 구경이나 하고 있구나.(4.4.56-62)

햄릿은 따라서 이제부터 "피 흘릴 일만 생각하고 그 외에는 거들떠보지 않겠다"(66)라고 다짐한다. 이러한 다짐의 결과는 자신을 영국에 데리고 가서 죽게 하려는 길덴스턴과 로젠크란츠를 대신 죽이도록 문서를 위조하고 배에서 빠져나온 계략이다. 또다시 '주적'을 공격하는 대신 부차적인 인물들밖에 처리하지 못한 것이다. 햄릿은 유령의 계명을 실행하지 못한 채 상황에 끌려다니며 기껏해야 방어전만을 전개할 뿐이다.

햄릿 부자와 클로디어스가 얽힌 집안 내의 살인과 복수의 문제와는 별도로, 덴마크 왕실과 노르웨이 왕실 간의 혈투도 플롯의 한 축을 형성한다. 『햄릿』의 무대 안에서는 전쟁이 벌어지지

않지만, 무대 밖 배경에는 극이 시작되기 전부터 진행중이었던 덴마크와 노르웨이 간 전쟁과 무력 경쟁의 상황이 포함된다. 선친 햄릿은 전쟁터에서 노르웨이의 포틴브라스 왕을 죽이고 영토를 빼앗아 노르웨이를 덴마크에 굴복시켰다. 바로 그 승리의 날이 햄릿이 태어난 날이기도 하다. 햄릿과 마찬가지로 부친을 잃은 왕세자 포틴브라스는 숙부가 왕좌를 차지하고 있는 동안 마냥 기다려야 하는 처지다. 그러나 그는 군사를 일으켜서 별 명분도 없는 폴란드 원정길에 오른다. 폴란드를 무찌르고 되돌아오는 길에 마침 햄릿과 덴마크 왕실 주요 인사들이 서로 죽고 죽이는 사건이 터진다. 포틴브라스는 무대로 걸어들어오며 "나도 이 왕위를 승계할 자격이 좀 있소"(5.2.368)라고 선언한다. 죽어가는 햄릿은 포틴브라스를 후계자로 지명한다. 포틴브라스가 의도한 것은 아닐지 몰라도 그는 자신의 선친을 죽인 덴마크 왕 햄릿의 왕좌를 거머쥐게 되므로, 부친의 죽음에 대한 보상을 두 배로 받는다.

포틴브라스의 어부지리가 보여주듯, 인간이 도모하는 보복과 보상의 논리는 계획대로 또는 예상대로 진행되지 않는다. 포틴브라스가 자신의 노력과 계략으로 덴마크의 왕실을 차지한 것은 전혀 아니다. 내심 탐하기는 했겠으나, 그것은 엉뚱하게 폴란드에 가서 분풀이한 어리석은 군사모험가인 그의 손으로 굴러떨어진 행운일 뿐이다. 덴마크 왕실 관계자들의 경우는 더욱더 그러하다. 『햄릿』은 복수극의 형식을 취하고 있고 복수의 주제 위에 플롯을 세웠으나, 햄릿의 복수는 이를 제어하고 방해하고 곁길로 빠지게 하는 힘들과 계속 충돌한다. 사건은 결국 햄릿이나 클로디어스의 시나리오와는 다른 방식으로 진행된다. 인간의 계략을 넘어서는 또다른 시나리오를 다른 말로 지칭하면 '섭리'이다. 햄릿이 호레이시오에게 말한 대로 "참새가 떨어지는 데도 특별한 섭리가 있는 법"이라면, 하물며 왕조가 바뀌고 국왕들이 죽어가는 이 사건이 순수한 우연이거나 순전히 인간의 머리에서 꾸며낸 작전의 소산일까.

『햄릿』에서 음모의 대가는 클로디어스이다. 그의 권력에 붙어서 이득을 챙기려던 길덴스턴과 로젠크란츠, 그리고 친선 펜싱 시합에서 햄릿을 죽이자는 클로디어스의 음모를 수행하던 레어티스도 모두 클로디어스와 마찬가지로 자신들이 쳐놓은 덫에 걸려 파멸한다. 선왕 햄릿은 자신의 무용을 단단히 믿고 이웃나라를 굴종시킨 후 편안히 낮잠을 잤다. 그러다가 전혀 예상치 못한 집안의 적에게 목숨을 잃고 만다. 이런 점에서 보면 쉽사리 '복수'의 음모를 꾸미지 않고 머뭇거린 것은 오히려 햄릿의 미덕이라고도 할 수 있다. 기껏해야 그가 꾸민 '음모'는 극중극의 플롯을 약간 변형해서 자신이 유령에게 들은 내용을 반영시킨 것뿐이다. 하지만 연극은 아무도 죽이지 않는다. 햄릿은 연극 공연에 대한 클로디어스의 반응을 보고 심증을 얻은 후에도 치밀한 계획을 세워 '적'을 파멸시키려 들지 않는다. 클로디어스가 햄릿을 영국으로 보내서 죽게 하려는 음모를 꾸민 후 그에게 이런 결정을 통보하는 장면은 둘 간의 차이를 명확히 요약해준다.

클로디어스: 수행할 동료들이 기다리고 있고 모든 것이 준비됐다

네, 영국으로 갈 준비.

햄릿: 영국으로요?

클로디어스: 그렇다네.

햄릿: 좋습니다.

클로디어스: 좋은 일일세, 자네가 짐의 목적을 안다면.

햄릿: 저는 그것을 보고 있는 천사를 보고 있습니다.(4.3.42-45)

클로디어스의 "좋은 일일세, 자네가 짐의 목적을 안다면"이란 발언은 햄릿을 안심시키는 말 같지만 그 속에는 자신의 목적과 의도를 햄릿이 모르니 그 목적이 확실히 달성되리라는 자신감이 숨겨져 있다. 이를 알아차렸다는 뜻으로, 햄릿은 클로디어스의 음모를 위에서 훤히 꿰뚫어보는 초월자가 있다는 말을 한다. 바로크 다성음악에서 통주저음과 고음의 대위법처럼, 『햄릿』은 인간세계의 음모와 동시에 진행되는 섭리를 언급하며, 하늘의 정의가 궁극적으로 승리할 것임을 암시한다. 수평적인 인간 간 머리싸움과 욕망의 얽힘이 멜로디라면 이와 병행하는 대응 선율(카운터 멜로디)들이 만들어내는 수직적인 화음은 오로지 "그것을 보고 있는 천사"의 시각에서만 들린다. 역사의 주인은 선왕 햄릿도, 동생 클로디어스도, 경쟁국가의 왕자 포틴브라스도 아니다. 역사의 주인은 '섭리'이다. 그렇기에 '햄릿과 친구들'이란 부제를 단 이 책은 요한 세바스티안 바흐의 종교음악과 함께 막을 내릴 것이다. 인간의 고통과 불안, 슬픔과 실수를 바라보며 치유하는 천상의 음악을 들려준 바흐와 함께.

7장

지옥에서 만든 무기: 17세기 전쟁과 문학

햄릿과 몽테뉴, 몬테베르디와 데카르트의 시대는 연극과 명상, 음악과 사색의 시대만은 아니었다. 때로는 종교의 이름으로, 때로는 별 명분도 없이, 크고 작은 전쟁이 16세기에서 17세기까지 유럽을 괴롭혔다. 물론 그 이전 시대라고 전쟁이 없었던 것은 아니다. 그러나 전쟁으로 인한 공포와 파괴의 정도가 이전과는 다른, 지극히 '효율적인' 단계로 진입한 것은 이 시대의 일이다.

중세 말기, 유럽에서 가장 장기간 지속되었던 전쟁은 영국 왕실과 프랑스 왕실 간에 벌어진 백년전쟁(1337–1453)이다. 그러나 '100년간' 이어진 이 전쟁으로 인해 죽은 병사와 기사의 수는 넉넉잡아야 20만 명을 넘지 않는다. 전쟁이 직간접적 원인이 된 민간인들의 피해까지 감안하면 이보다 열 배 이상 되겠으나, 이는 100년에 걸쳐 조금 살 만하면 다시 전쟁터로 변했던 프랑스에서 기근과 전염병 등의 요인이 반영된 수치다.[56]

그런데 백년전쟁이 끝난 지 대략 200년 후, 1642년부터 1652년까지 10년간 벌어진 왕당파와 의회파 간 영국 내전의 전사자 수는 잉글랜드, 웨일스, 스코틀랜드 지역만 따져도 백년전쟁의 전사자 수를 넘어선다. 식민지 정복 성격까지 가미된 아일랜드 지역 전투까지 감안하면 총사망자가 100만 명에 근접한다. 1618년에서 1648년에 걸쳐 독일 지역을 처참하게 파괴한 30년 전쟁의 전사자 수는 40만에서 60만 명 정도로 추정된다. 중세 시대를 통틀어 900년부터 1450년까지 유럽의 각종 전장에서 죽은 사망자 수가 대략 43만 명인 것을 감안하면, 17세기 독일과 영국, 아일랜드 지역의 전사자 수는 15세기 중반까지 500여 년간 유럽 전역의 전사자 수보다 훨씬 많다.

역사의 시곗바늘을 더 돌려서 19세기 중반 미국 남북전쟁(1861-1865)으로 가보면, 대략 4년 3개월간 지속된 전쟁기간에 양측 전사자 수는 20만 명에 육박한다. 질병 등 기타 요인으로 인한 전투요원 사망자까지 합치면 60만에서 70만 명으로 추정된다.[57] 이보다 10년 전에 벌어진 크림전쟁(1853-1856) 때 전사자 수는 70만여 명에 이른다.[58] 이러한 백인들 간의 전쟁에다 백인과 비서구 지역 유색인종들 간의 전쟁(그리고 백인에 의한 유색인종의 학살)까지 감안하면 그 수는 천만 단위로 계산해야 할 정도가 된다. 17세기 바로크 시대는 인간이 인간을 죽이는 능력이 이렇듯 가공할 단계에 진입한 시대이기도 하다.

전쟁은 대개 명분이 있다. 인간이 악마가 아닌 한 '정의'를 위한 살육이라고 주장할 최소한의 필요성이 있기 때문이다. 16~17세기 유럽에서 발생한 잔혹한 전쟁의 대부분은 안타깝게도 어떤 식으로건 같은 하느님과 예수님을 믿는다는 세력들 간의 지극히 악마적인 살육이었다. 게다가 그 살육의 대상이 무장하지 않은 민간인인 경우가 많았다. 이들 '종교전쟁'은 이념과 정체성 싸움, 체제전복 세력과 체제수호 세력 사이의 무력분쟁 성격을 띠었기에, 상대 종파의 민간인 학살이 관례적으로 자행되었다. 어떤 명분에서건, 종교개혁과 직간접적 관련성이 있는 전쟁에서 죽은 이들의 수는 어마어마하다. 루터의 종교개혁 시대에 벌어진 독일 농민전쟁은 1524년에서 1526년에 이르는 상대적으로 짧은 기간 동안 10만여 명의 목숨을 앗아갔다. 이미 이 책에서 여러 번 거론했던 프랑스 종교전쟁에서는 1562년에서 1598년까지 민간인 포함 200만에서 400만 명이 죽었다. 17세기 영국과 독일의 내전도 종파 간 분쟁의 외피를 입고 벌어진 것들이기에, 이 또한 루터와 칼뱅의 종교개혁이 촉발한 전쟁에 포함시킬 수 있다. 이들 내전은 그 사망자 수는 물론이고 실상 또한 매우 충격적이다. 30년전쟁에서는 민간인만 400만에서 500만 명이 죽은 것으로 추정된다.

명분이 말이 되건 안 되건, 사망자가 전투요원이건 민간인이건, 그 어마어마한 사망자 수의 비밀은 새로운 전투 테크놀로지에서 찾을 수 있다. 특히 총포와 화약은 전쟁을 새로운 국면으로 밀어넣었고 전쟁터의 끔찍한 근대화를 부추겼다. 이전 시대 전투에서는 일일이 칼이나 창으로 사람을 하나씩 죽이거나, 적중도가 낮은 활을 갑옷 입은 적의 몸에 겨눠야 했다. 사람 죽이기가 쉽지 않다 보니 전쟁이 국지적이거나 간헐적으로 장기간에 걸쳐 벌어지곤 했던 것이 중세 전쟁의 형편이다. 백년전쟁의 경우, 만약 근대식 무기로 100년 동안 전투를 벌였다면, 두 나라의 성인 남자는 거의 전멸했을 것이다. 100년 동안의 사망자 수를 몇 십 년 만에 '달성'하는 것이 17세기 전쟁의 '업적'이었다. 17세기에 자리잡기 시작한 과학기술 문명은 인간이 인간을 단기간에 대량살육하는 가공할 능력을 선보였다.

햄릿의 시대는 군사기술의 '혁명기'였다. 『햄릿』 1막 1장, 호레이시오와 대화를 나누는 한 인물은 포틴브라스의 군비축적과 무력시위를 우려하며, 그가 "매일 놋쇠를 불려 대포를 만들고 전쟁기구들을 사러 외국을 돌아다닌다"(1.1.73-74)라고 말한다. 갑옷을 두른 키 크고 용맹스런 귀족 기사 기병대는 더이상 전쟁의 주인공이 아니다. 이제 군사력의 핵심은 대포와 기계, 각종 장비를 만들고 구입하여 병력을 '기계화'하는 것임을 젊은 장군 포틴브라스는 명확히 파악하고 있다. 대포와 군사 테크놀로지에 대한 언급은 3막 4장에도 나온다. 어머니가 숙부와 결혼한 '죄'를 문책하는 대목에서 햄릿은 "무기 기술자를 자기가 설치한 폭탄과 함께 폭파시켜버리는 것이야말로 신나는 작전"(3.4.207-208)이라며 자신의 복수를 예고한다. 아울러 햄릿은 "그들의 지뢰 밑에 1야드를 더 파고 내 지뢰를 깔아서 달밤에 날려버리겠다"(3.4.209-210)라고 말하는 등 군사공학적 용어를 연거푸 사용한다. 마치 햄릿의 이러한 작전을 읽은 듯 바로 다음 장면에서 클로디어스는 햄릿의 모친 거트루드에게, 사람들이 "대포로 표적을 겨냥해서 독을 탄 포탄을 갖다 맞추려 하지만, 나의 명분은 건드리지 못할 것"(4.1.42-43)이라며 포격전의 비유를 사용한다. 5막 2장에서 햄릿은 무덤지기 오스릭과 "칼집 끈hanger"에 대한 말장난을 주고받으면서 "칼집 대신 대포를 곁에 차고 갈 수 있다면 더 적절한 말이 될 것이네"(5.2.141-142)라고 한다. 셰익스피어는 극이 전환점을 지나 5막의 복수를 향해 나아갈수록, 햄릿의 표현 속에 전투용어를 더욱 빈번히 등장시킨다. 작가가 떠올리는 전투의 모습은 칼과 창보다는 대포와 지뢰 등 근대적 전쟁 개념을 따르고 있다.

『햄릿』 대사에 심심치 않게 등장하는 총포의 역사는 근세 이전으로 거슬러올라간다. 대포의 역사는 비교적 긴 편이다. 대포는 유럽에서 중세 말기부터(중국에서는 더 일찍) 주로 성벽을 파괴하는 용도로 포위 전술에 동원되었다. 하지만 전투 양상은 알렉산드로스 대왕 시절과 크게 다르지 않았다. 말을 탄 기병대가 진격하고, 전열을 정비한 보병이 활이나 창으로 상대방에 맞서는 형태였다. 물론 고대와는 달리 갑옷이 훨씬 더 단단해졌고, 석궁이 전통적인 활과 함께 사용되었다는 점이 다르긴 했다. 그러나 살상은 창칼과 화살의 몫이었다는 점은 오랜 세월 변함이 없었다. 보병, 기병과 함께 포병의 개념이 정착되고 대포의 역할이 점차 커진 것은 16세기에 들어와서이다. 이전 대포가 성벽을 뚫는 용도로 크고 무겁게 제조되었던 데 반해, 이 시대 유럽 전쟁터에서는 보다 가볍고 쉽게 움직일 수 있는 야전용 대포가 빠른 속도로 진화했다. 17세기에는 박격포가 등장하면서 대포의 이동성이 더욱 향상됐고 대포는 웬만한 전쟁터에서 빠지지 않는 필수품이 되었다.[59]

셰익스피어의 역사극 『헨리 4세』 1부는 영국의 왕권을 두고 벌어진 내전인 1403년의 슈루즈버리 전투를 배경으로 한다. 그러나 흥행의 귀재 셰익스피어는 이 중세 말기 전쟁에 16세기 말의 근대적 전투 개념을 덧씌운다. 작가는 대포의 용도를 성벽을 파괴하는 게 아니라 보병을 사살하는 것으로 이해한다. 건달과 난봉꾼, 오입쟁이, 광대의 모습을 한데 모아놓은 기묘한 인물 존 폴스타프는 장교이기도 하기에, 자기 병력이라며 오합지졸을 한 무리 끌고 행군을 하는 중이다. 이때 그는 할 왕세자와 마주친다. 할은 헨리 5세가 될 인물이나 아직은 폴스타프와 같이 건달 짓을 하는 중으로, 이 연극에서 둘은 말을 트고 지내는 '친구' 사이다.[60]

> 할 왕세자: ……하지만 이거 보게, 존, 저 뒤에 쫓아오는 저 친구들은 누구 병력인가?
>
> 폴스타프: 내 병력이지.
>
> 할 왕세자: 저렇게 가련하고 꼴불견인 작자들은 처음 보겠군.
>
> 폴스타브: 허, 그게 무슨 소리. 데워먹을 만한데, 뭘. 화약 먹잇감, 화약 먹잇감일세. 무덤구덩이 채우지 못할 거야 없는 친구들인데 무슨 소리, 죽기 좋은 인간들이지, 죽기 좋은 인간.(『헨리 4세』 1부, 4.2.61-67)

전쟁의 무익함과 허망함을 조롱하는 이 유명한 대목은 보병을 달려오는 기병의 칼날이 아니라 "화약"에 잡아먹히는 "먹잇감food for powder"으로 이해하는 새로운 전술 개념을 바탕에 깔고 있다.

대포의 등장은 중세 전쟁터의 '꽃'인 말 탄 기사들의 몰락을 촉진했다. 타고난 건장한 체구를 뽐내며 화려하고 든든한 갑옷을 차려입은 채 준마를 타고 자신의 명성과 자기편의 명예를 위해 물불을 가리지 않는 용맹스런 기사들 간의 대결이 전쟁의 하이라이트였던 시대가 저물어버린 것이다. 이제 귀족 기사건 평민 병사건 대포 한 방의 '먹잇감'이 될 위험에 노출되기는 마찬가지였다. 이렇듯 가공할 대포의 위력이 불가피하게 전투의 개념을 바꿔놓던 시대에, 각종 전쟁이 끊이지 않던 이탈리아에서 로도비코 아리오스토는 『분노하는 오를란도Orlando furioso』에서 이상화된 중세 기사들과 숙녀들의 환상적 모험담을 멋진 운문에 담아놓았다. 하지만 이 시의 복고풍 서사에도 당대 현실이 일부 반영되어 있다. 주인공 중 하나인 오를란도는 제9곡에서 프리지아 왕의 대포를 빼앗아 "그 어떤 말 탄 기사도 너 때문에 겁에 질릴 일이 더이상 없도록" 바다 깊숙이 던지며 이렇게 외친다.

> 이 저주받을 혐오스러운 도구야,
> 사악한 바알세불이 지옥 불에 녹여
> 손수 만들어내서
> 이 세상을 너를 통해 망쳐놓고자 했으니,
> 거기서 나온 놈이니, 지옥으로 던지노라.(9곡 91연)[61]

이 무기가 세상을 파멸시키려고 악마가 손수 만든 것인지는 확실치 않다고 해도, 말 탄 기사들의 세계를 파괴한 것만은 의심의 여지가 없다. 이 르네상스 이탈리아의 대표 서사시가 나온 지 100년이 더 지나서, 지옥에서 악마가 직접 만들어낸 "혐오스런 도구"를 부두목 바알세불이 아니라 두목 사탄이 직접 제조하는 과정을 그린 작품이 영국 땅에서 나온다.

1642년 영국에서 찰스 1세와 의회세력 간에 내전이 발발한다. 1649년 국왕을 처형한 이후 영국은 1660년까지 역사상 처음이자 (현재까지는) 마지막으로 공화정을 실험한다. 혁명세력에 적극 동참했던 시인 존 밀턴(1608-1674)은 혁명 실패의 조짐이 역력해지던 1658년부터 『실낙원』을 쓴다. 『실낙원』은 제목만 보면 아담과 이브가 하느님의 금기를 어기고 낙원을 상실하는 사건을 다루는 서사시인 것 같다. 그러나 정작 이 사건은 총 12권 중 9권에 가서야 벌어진다. 밀턴은 아담의 타락을, 그보다 훨씬 앞서 진행되는 하느님 아버지에 대한 사탄의 봉기, 패퇴, 복수와 반격이라는 드라마의 일부로 설정한다. 이것이 신학적으로 얼마나 타당한지는 논란거리가 될 만하다. 인간이 자유의지를 남용하여 하느님의 경지에 도전한 죄가 전적으로 인간 탓이라는 것이 밀턴의 혁명 동료들이 신봉한 칼뱅주의의 입장이고, 그 근간이 되는 성 아우구스티누스의(파스칼도 받아들인) 입장이기에, 막상 성서에는 별로 언급이 없는 사탄의 역할을 이렇듯 확대해석한 것은 문학예술의 영역을 벗어나면 문제가 될 수 있다. 그렇긴 해도 무릎 꿇은 파스칼과 정반대의 태도, 하느님에게 도전하는 자만하는 '나', '교만superbia'의 전형으로 사탄을 그려놓은 점에 대해서는 칼뱅이나 파스칼도 동의할 것이다.

천사 중 최고의 지위를 누리던 루시퍼는 어느 날 하느님 아버지가 아들을 '낳아' 천국의 2인자로 내세우자 자신을 따르던 세력을 규합해 성부와 성자를 상대로 무력 봉기를 일으킨다.[62] 첫 번째 전투에서 밀린 사탄은 신무기 개발을 통해 열세를 보완하려 한다. '교만'과 맞물린 '테크놀로지'는 악마의 산물이라는 이러한 입장은 "천재적 기교ingegno"—이 말은 조르조 바사리의 『탁월한 이탈리아 건축가, 화가, 조각가의 생애Le Vite de' più eccellenti architetti, pittori, et scultori Italiani』(1550-1568)의 키워드 중 하나이다[63]—를 예찬하는 르네상스의 기술관을 거부하고 있다. 사탄은 "땅 속 깊숙이 숨겨진, 어둡고 거친 소재들"(6.478)에서 "지옥 같은 불"(483)을 추출한다. 이를 "길고 둥글고 속이 빈 기계에 가득 채워넣고, 반대쪽에 불길을 갖다대면 부풀어오르며 분노에 치밀어 그 속에서" 터져서 발사되는 화포가 만들어진다. 이 신병기는 "멀리서도 천둥 같은 소음을" 내며 적들을 공격해서 "산산조각낼"(484-489) 기세이다. 무기가 완성되자 사탄은 재차 공격을 감행한다.[64] 그 위력은 역시 기대 이상이다.

즉시 불길이 솟아올랐으나
이내 다시 연기로 가려진 상태로 온 천국이 변하는데,
목이 깊은 그 무기들의 울음소리는
공기를 무지막지한 소음으로 채워놓고
공기의 내장을 갈기갈기 찢어놓으며,
악마같이 속에 차오르는 사악함에 겨워,
둥근 쇠를 번개와 우박처럼, 승리했던 천사들에게

분노로 미친 듯이 쏘아대니,
맞은 자들은 그 누구도, 제아무리 바위처럼 버티고 있었어도
두 발로 서 있지 못하고 넘어져 쓰러졌고,
수천 명씩 천사와 대천사가 뒤엉켜 굴렀다.(584-595)

그러나 사탄도 피조물일 뿐이다. 피조물이 제아무리 다른 피조물에 대한 지식에 성통하고 무기 세조 '기교'가 천재직이라고 해도, 창조주에 대한 도전에 성공할 수는 없다. 사탄의 포격전은 이내 하느님의 아들이 "만 개의 천둥"(836)이 "번개 치듯 번쩍이며 음산한 불을 쏘아대는"(849), 마치 핵무기를 연상시키는 강력한 반격에 직면한다. 이 가공할 무기에 제압당한 반란군은 일제히 천국에서 밀려나 한없는 나락으로 떨어진다. 밀턴은 이렇듯 천국의 내란을 근대 포격전에 빗대어 묘사한다. 밀턴의 사탄은 아리오스토의 오를란도처럼 자신의 무용에만 의지하는 중세 기사가 아니다. 그는 정략가이자 조직을 움직이는 정치인이며 나아가 '천재적 기교'를 갖춘 탁월한 '르네상스적 영웅'이라고 할 수 있다. 사탄이 이후에 패배를 설욕하고 복수하는 방식도 음모와 술수를 통해 이브와 아담을 무너뜨리는 것이니, 그는 '머리'로 승부하는 '기교'와 계략이 몸에 밴 정치인이다.

밀턴의 서사시는 '기술, 기교, 계략'이라는 르네상스적 가치에 대한 양가적 입장을 드러낸다. 사탄의 무력에 하느님도 무력으로 맞선다는 점에서 전쟁, 무력, 파괴, 살상 그 자체를 비판할 근거가 흔들린다. 이는 숱한 인명 희생을 감수하며 내전을 주도한 올리버 크롬웰의 최측근이었던 밀턴다운 태도라고 할 수 있

다. 실제로 보병이 강세였던 크롬웰 군이 왕당파의 기병대를 제압할 수 있었던 비결에는 대포를 적절히 잘 활용한 것이 포함된다.[65] 동시에 밀턴은 아무리 사탄이 '머리'를 써도 결국에는 하느님의 섭리 속에서 패배할 수밖에 없음을 강조한다. 윌리엄 블레이크 같은 후대의 낭만주의자들은 밀턴이 실상은 '사탄' 편이라고 생각하고 싶어했으나, 그것은 본인들의 반항적 성향을 투사한 것일 뿐이다. 밀턴은 아담의 실낙원이라는 비극적 사건조차도 하느님과 천사들의 철저한 배려 속에서 전개되도록 조치해놓았다. 아담은 사건 전에도 천사들에게 숱한 경고를 들었고, 타락 후에도 천사장 미카엘이 내려와서 예수를 통한 구원의 약속을 해주는 등 하느님의 보살핌을 받으며 비교적 평화롭게 낙원에서 쫓겨난다. 밀턴은 궁극적으로는 르네상스적 전술과 야심의 테크놀로지를 거부하고, 무조건적이며 불가해한 절대자의 주권 앞에 고개 숙이는 바로크적 겸손의 지혜를 지향한다.

전투 경험이 없었던 밀턴은 '펜'으로 싸운 지식인 혁명가였다. 『실낙원』 6권의 전투 장면은 시적이긴 하지만 구체성을 띠지는 못한다. 반면 17세기 서구 문학사의 대표적 인물인 미겔 데 세르반테스는 작가가 되기 전 전쟁터에서 생생한 경험을 했을 뿐 아니라 부상을 당해 왼팔이 불구가 되고 해적에게 잡혀 노예생활까지 한 경력의 소유자였다. 『돈키호테Don Quixote』 1부(1605) 38장에서, 돈키호테는 학자와 군인의 어려운 처지를 비교하며, 후자의 고충을 이렇게 설파한다. "그가 학위를 받는 날과 시간이 다가왔다고 칩시다. 전투의 날이 오면, 그의 학사모는 머스킷 총에 입은 부상을 감싼 면직붕대가 대신할 것이니, 아마 총알이 정수리를 관통했거나 아니면 다리나 팔 하나를 못 쓰게 만들었을 것이오."(340)[66] 총상으로 팔을 못 쓰게 된 예는 바로 작가 세르반테스에게 해당되기에, 이 대목에서는 오를란도식의 기사도에 미쳐 있는 돈키호테의 발언이 아니라 세르반테스 본인이 그의 입을 빌어서 자신의 이야기를 하는 것임을 알 수 있다. 르네상스에서 바로크로 이어지는 시대의 보병 전투에서는 대포와 너불어 소총의 전신들이 동원되기 시작했다. 초기 화승총 아르케부스arquebus가 15세기 중반부터 사용되었는데, 무게도 무겁고 긴 심지에 불을 붙여 화약이 터지기를 기다려야 했으니 발사하기도 번거로웠다. 무엇보다도 사정거리가 짧고(상대가 40~60미터까지 다가왔을 때에야 비로소 위력을 발휘했다), 갑옷을 뚫지 못하는 경우도 많았다. 16세기 중반부터 아르케부스가 진화한 머스킷이 등장해서 아르케부스와 함께 사용되다가, 17세기 중반 이후 점차 가벼워지고 성능이 좋아졌다. 그러나 세르반테스가 지적하듯 머스킷 총은 이미 16세기 말에도 전쟁터에서 병사들을 위협하는 가장 두려운 '적'으로 군림했다.[67]

머스킷 총 같은 소총의 등장이 '나'의 문제와 관련된 측면은 무엇일까? 소총은 '총을 든 나'에게 가공할 위력을 부여한다. 총을 든 '나'는 총을 안 든 늠름한 기사를 제압할 뿐 아니라, 총포를 소유하지 못한 비서구인을 정복할 막강한 힘을 갖는다. 『돈키호테』 2부보다 약 100년 후에 출간된 대니얼 디포의 『로빈슨 크루소Robinson Crusoe』에서 크루소가 무인도 생활 26년 만에 충직한 하인을 얻을 수 있었던 것은 전적으로 머스킷 총 덕택이었다. 크루소는 포로로 잡혀와 적들에게 먹힐 처지였던 젊은 야만인 하나를 구해준다. 그 과정에서 머스킷 총의 무시무시한 위력을 선보이게 되니, 총을 든 백인의 힘과 능력에 대한 무한한 경외심과 공포심이 그 야만인의 뇌리에 자연스럽게 각인된다. 총을 든 '나'는 다음과 같이 서술한다.

> 번쩍하는 총의 불빛과 꽝하는 총소리에 어찌나 깜짝 놀랐던지 그는…… 그냥 완전히 뻣뻣하게 굳어서 나를 향해 오거나 뒤로 물러가지도 않은 채 멈춰 섰는데, 내가 이리 오라고 부르며 다시 손짓하자 그는 이내 알아듣고서 약간 다가오려다가 다시 멈춰 섰다가 또 다시 조금 더 오다가는 또 멈춰 서니, 보니까 마치 자기가 포로로 잡혀서 자기의 적 둘이 그렇게 됐듯 자기도 죽음을 당할 차례인 것으로 아는지 부들부들 떨고 있는 것이라, 그래서 나는 나한테 오라고 권하느라 내가 생각할 수 있는 모든 방법을 동원해서 온갖 손짓 발짓을 하니 조금씩 더 가까이 오는데, 한 열 번이나 열두 번 발자국을 뗄 때마다 무릎을 꿇고서 자기 목숨을 건져준 데 대한 감사의 표시를 했고…… 마침내 내 앞에 와서는 다시 무릎을 꿇고서 땅바닥에 입을 맞추며 머리를 바닥에 대고 내 발을 잡더니 자기 머리 위에 내 발을 갖다 얹는 것이라, 이게 아마 자기가 영원히 내 노예가 되겠다는 맹세의 표시인 것으로 보였기에 나는 그를 일으켜세우고 내가 할 수 있는 한 최대한으로 이 친구를 격려하고 토닥여줬다.[68]

하느님이 아닌 인간을 경배하는 이 모습, 그의 손에 든 머스킷 총에 놀라 부들부들 떨며 발아래 납작 엎드린 '야만인', 이

광경은 바로크의 긴장이 와해되면서 새로운 '인간' 중심 르네상스가 '계몽주의'란 이름으로 부상하는 과정을 보여준다. 총 든 '나'들의 자연 정복과 세계 정복의 역사 속에서 머스킷 총을 비롯한 "저주받을 혐오스런 도구"들의 악마성에 대한 인식은 빠른 속도로 퇴화했다. 그러나 테크놀로지와 지옥의 연관성을 망각한 영혼들은 이미 한 발은 지옥에 들여놓은 상태나 다름없다.

8장

통곡하는 베드로: 바흐의 〈마태수난곡〉

요한 세바스티안 바흐(1685-1750)가 후대에 남겨준 숱한 음악적 보물 중에서 아마도 가장 야심찬 작품은 〈마태수난곡 Mattäus-Passion〉(1727)일 것이다. 오페라곡을 쓰지 않았던 바흐가 만든 음악 중 그 규모나 폭, 극적 깊이 등에서 이보다 더 장대한 스케일의 작품은 없다. 바흐의 수난곡들은 독일적 전통에 굳건히 서 있으면서도 이탈리아적 요소들이 다양하게 수용된 바로크 음악의 백과사전적 기념비다. 바흐의 생애는 음악 외 영역에서는 바로크가 저물고 계몽주의로 넘어가던 시대와 겹치지만, 그의 음악은 바로크의 정점에 서 있기에, 바흐와 함께 이 책을 마무리하고자 한다.

루터 종교개혁의 '오직 성서만으로' 정신을 따라서, 또한 루터가 선도하여 번역한 독일어 성서와 독일어 예배의 '기독교 토

착화' 정신에 맞추어, 독일 개신교 지역에서는 16세기부터 부활절 수난 금요일에 복음서를 음악에 담아 공연하는 독특한 교회음악 양식이 부상했다. 그 예술적 성취도는 상당히 높은 수준에 이르렀다. 바흐에게 큰 영향을 끼친 17세기 작곡가 하인리히 쉬츠(1585-1672)는 신약성서의 네 복음서에 의거한 네 개의 수난곡을 작곡했다. 바흐 수난곡의 기본 패턴인 복음서 서술자는 테너, 예수는 베이스나 바리톤, 예수를 못박으라고 아우성치는 군중들turbae 연기는 합창단, 그 사이사이 성도들이 성가 합창chorale으로 참여하는 형태는 16세기부터 이어진 전통이다. 17세기 중반부터는 이탈리아 오페라와 오라토리오의 영향을 받아 레치타티보와 극적인 아리아가 독일 개신교 교회음악에 도입되었다.[69] 이러한 공연음악 모델은 평신도의 참여가 큰 부분을 차지하는 개신교 예배양식과 충돌했고, 성가 합창으로 수난곡에 참여했던 평신도들은 점차 정교한 전문음악을 감상하는 수동적 청중으로 그 역할이 축소됐다. 극적 요소를 가미한 일부 작곡가들은 복음서 본문에 나오지 않는 지옥의 악마들까지 '배역'으로 등장시켰다. 반면에 바흐는 대체로 중도적이고 보수적인 입장을 취했다. 그는 독일 개신교 교회음악 전통을 그대로 이어받으면서 거기에 이탈리아 음악의 기교와 극적 효과를 적절히 융화시켰다. 그리하여 어려우면서도 평이하고 전문적이면서도 평신도들을 소외시키지 않는 음악어법을 창출하여, 세밀하면서도 명료한 음악에 그리스도의 죽음과 부활, 사랑과 용서라는 기독교의 핵심 교리를 감동적으로 담아냈다.[70]

독일 수난곡들이 특히 초점을 둔 장면 중 하나가 '통곡하는 베드로'이다. 예수를 세 번이나 부인하고 뒤늦게 참회하며 통곡하는 이야기는 배반의 죄와 회개, 용서의 메시지가 집약된 극적 에피소드이기에, 작곡가들이 음악적 기교를 맘껏 과시하기에 좋은 소재였다. 바흐의 〈마태수난곡〉도 이 대목을 강조한다. 죄에 이어진 참회? 일반적 통념에 비춰보면 어딘가 논리가 맞지 않는다. 죄에는 벌이 따라야 마땅하지 않은가? 눈에는 눈, 귀에는 귀, 칼에는 칼, 복수와 전투가 논리에 맞는다. 일반적으로는 그렇다. 죄에 따른 회개, 참회에 이어지는 새로운 변화는 오로지 예수의 수난과 구원이라는 신학적 맥락에서만 의미를 갖는다. 예수를 배제하면 죄에는 오직 벌만 따를 뿐이다. 바흐가 예수의 수난을 기념하는 수난 금요일에 연주하기 위해 지은 수난곡들에서 죄와 참회의 드라마를 주춧돌 중 하나로 삼고, 그러한 참회 드라마의 주인공으로 교회의 주춧돌인 베드로를 부각시킨 것[71]은 예수를 전제로 택한 죄의 논리에서는 전적으로 타당하다.

복음서 네 권에 모두 기록된 베드로의 죄와 참회는 예수 수난 드라마에서 빼놓을 수 없는 필수 장면이다. 예수는 수난을 당하기 직전 제자들에게 임박한 고난을 다시 한번 예고하면서, 그들 모두가 자신을 버릴 것이라고 예언한다. 이에 제자들 중 가장 선임자인 베드로는 절대로 그런 일은 없으리라고 자신 있게 단언한다. "비록 모든 사람이 주님을 버릴지라도 저는 결코 주님을 버리지 않겠습니다."(「마태복음」 26:33) 그러나 예수는 베드로의 기특한 결의를 받아들이지 않는다. "내 말을 잘 들어라. 오늘밤 닭이 울기 전에 너는 세 번이나 나를 모른다고 할 것이다."(26:34) 이에 베드로는 한 술 더 떠 극단적 표현까지 쓰면서 자신의 충성을 맹세한다. "저는 주님과 함께 죽는 한이 있더라도 결코 주님을 모른다고는 하지 않겠습니다."(26:35)

〈마태수난곡〉에서 이 사건은 1부 중간쯤인 16번곡에서 다뤄진다. 바흐가 이 곡보다 3년 먼저 지은 〈요한수난곡Johannes-Passion〉(1724)에서는 「요한복음」의 구성을 따라 베드로의 부인 장면만 극화하고 예수 앞에서 자신의 충성도를 과시하는 이 대목은 생략했다. 〈마태수난곡〉의 문학적 묘미는 베드로가 이렇듯 먼저 자신을 스스로 '세우고자 하는', 말하자면 그리스 비극에서 즐겨 다룬 '오만함'의 죄를 재현해놓고, 이어지는 베드로의 파멸을 추적하는 극적 대조에 담겨 있다.

〈마태수난곡〉에서 예수는 앞서 말한 대로 수난곡 전통에 의거해 베이스로 설정되었고 서술자인 '복음서 기자'는 테너가 맡았다. 바흐는 베드로에게도 베이스 음역을 배정하여, 이야기를 이끌어가는 서술자 테너와 극적 발언을 하는 굵은 목소리들 간에 선명한 대조를 유지시킨다. 먼저 베드로는, 예수의 예언에 대해 '다른 사람은 몰라도 자기만은 절대로 그러지 않겠다고' 단호하게 대답한다. 바흐는 여기서 'nimmermehr'(절대로)의 음을 높여 강조한다.[72] 말하자면 다른 제자들 위에 혼자, 예외적으로, 우뚝 솟고자 하는 베드로의 자만심에 방점을 찍은 셈이다.

하지만 예수는 수긍하지 않는다. 예수는 굵은 베이스로, 또한 상대적으로 느린 템포로, 베드로의 배반을 그 정황까지 구체적으로 예언하며 선언한다. 그러나 제자의 배반을 예고하는 예수의 어조에는 일말의 조롱도 담겨 있지 않다. 이 레치타티보를 이끄는 첫째 단어 'Wahrlich'(진실로, 참으로)의 음조가 시사하듯, 예수의 선언은 내용상으로는 사실을 강조하지만 그 어조에는 아쉬움과 동정이 담겨 있다. 말하자면 애정어린 안타까움이 묻어나는 어조이다. 이에 베드로는 아까보다 좀더 진지하고 차분한 어조로 비장한 각오를 재차 천명하며, 'nicht verleugnen'(안 부인하다)이라는 대사를 자신 있게 마무리한다. 그러나 바흐의 음악언어는 'nicht'보다는 마지막 단어 'verleugnen'을 더 강하게 부각시켜 '안'은 약한 반면 '부인하다'는 선명히 들리게 한다. 즉 '부인하다'라는 말이 진심인 것처럼 음악적으로 조작한 것이다. 대사의 다의성과 아이러니를 절묘하게 담아낸 솜씨라고 하겠다.

이어지는 코랄(출연진 전원 및 관객 신도들의 성가 합창)에서는 "나는 당신 곁을 떠나지 않겠나이다"라는 베드로의 결의를 긍정하는 가사가 〈마태수난곡〉을 대표하는 멜로디에 담긴다. 이 점만 보면 일견 바흐는 베드로의 다짐 자체의 의미는 인정해주는 것처럼 보인다. 또한 곡이 진행되면서 이 일화는 그냥 묻혀버릴 수도 있었을 것이다. 어차피 상황은 너무나 급박하게 돌아간다. 수난을 앞둔 예수의 번민과 고뇌는 깊어만 가는데, 제자들은 졸음을 참지 못하고 잠들었다. 정의가 실종되는 이 순간, 악의 세력의 공세가 코앞에 닥쳤는데 베드로를 비롯한 제자들은 아직 사태의 심각성을 깨닫지 못하고 있다. 드디어 유다가 적들을 데리고 접근한다. 예수는 순식간에 유대교 권력자들의 손아귀에 넘겨진다. 이때 이어지는 애절한 이중창, 1부 27번곡 '이렇게 나의 예수는 잡혀갔구나'는 소프라노와 알토로 이루어진 여성들의 목소리로 울려퍼진다. 이 곡은 이렇듯 간단한 가사로 애도의 끈을 이어간다. 아리아가 진행되면서 "그를 놓아줘라, 멈춰라, 그를 묶지 말아라!"라며 외치는 합창단이 사이사이 끊고 들어와서 노래하는 두 여성에게 정치적 주도권을 넘겨준다. 반면에 졸다가 깨서 예수가 엉겁결에 잡혀가는 정황을 그냥 보고만 있는 베드로를 비롯한 남자 제자들은 제대로 대응도 하지 못한다.

물론 제자들이 아무런 대응도 하지 않은 것은 아니다. "예수와 함께 있던 사람들 중 하나가 칼을 빼어 대사제의 종의 귀를 쳐서 잘라"(「마태복음」 26:51)버린다. 「요한복음」은 이 제자가 시몬 베드로라고 밝히고 있다.(「요한복음」 18:10) 이 과격한 인물이 베드로였다면, 예수를 버리지 않겠다는 자신의 호언장담을 이것으로 실현해보인 것이라고 본인은 생각했을 수 있다. 죽음을 두려워하지 않고 '테러'로 맞선 것 아닌가? 하지만 이러한 폭력이 실질적으로도 별 효과가 없음은 물론이요, 예수도 결코 그런 단발적 저항을 칭찬하지 않는다. 예수는 그에게 "칼을 도로 칼집에 꽂아라. 칼을 쓰는 사람은 칼로 망하는 법이다"라는 말과 함께 순순히 체포에 응한다.(「마태복음」 26:52) 「누가복음」은 오히려 예수가 떨어진 귀를 "그 사람의 귀에 손을 대어 고쳐주셨다"(「누가복음」 22:51)라고 전한다. 예수는 폭력을 쓴 제자를 칭찬하는 대신 '원수를 사랑하라'는 가르침을 실천한다. 아무튼 그것으로 베드로와 제자들의 대응은 끝이다. 이렇게 귀 하나 겨우 떨어뜨려놓고 "제자들은 예수를 버리고 모두 달아났다"(「마태복음」 26:56)라고 복음서는 기록한다. 예수가 그토록 꾸준히 예고한 위기의 상황이 닥쳐왔건만, 결국 베드로를 필두로 모두 예수를 버리고 줄행랑을 친 것이다.

바흐는 〈마태수난곡〉에서 귀를 자른 대목이나 제자들이 도망가는 모습까지는 묘사하지 않았다. 그러나 성서 본문을 숙지하고 있는 청중이라면 제자들이 즉시 사라져버렸다는 것을 기억할 것이다. 〈마태수난곡〉은 27번곡을 이끄는 이중창을 통해 오히려 두 여성의 목소리가 예수를 버리지 않고 계속 쫓아가도록 극화한다. 한번도 대놓고 예수에 대한 충성을 남들 앞에서 맹세한 적 없이, 늘 조용히 구석에서 말없이 앉아 있던 두 여성의 심금을 울리는 이중창. 합창단은 거기에 힘입어 '예수를 풀어줘라!'는 정치적 구호를 외칠 용기를 얻는다.

예수가 잡힌 바로 그날, 그래도 제자들의 대표 격인 베드로는 도망갔던 발길을 돌려 "멀찍이 떨어져서 예수를 뒤따라"(「마태복음」 26:58)간다. 〈요한수난곡〉에서는 이 구절에 이어 소프라노가 플루트 반주를 벗삼아—수난곡 분위기와는 별로 맞지 않는—매우 밝고 상쾌한 다카포 아리아[73]를 부른다. 이 아리아의 "나는 당신을 즐거운 발걸음으로 따라갑니다. 그리고 당신을 버리지 않겠습니다, 나의 생명, 나의 빛이시여"라는 가사가 베드로의 당시 심정을 유추한 것이라면, 이어지는 베드로의 부인 장면이 주는 충격은 그만큼 더 크다. 〈요한수난곡〉은 다음 곡(1부 10번)에서 즉시 베드로의 첫번째 부인을 극화한다. '당신 예수의 제자지?'라고 묻는 대제사장 집 여종의 질문에 기겁하며 '아니야!'라고 금세, 너무나 쉽게 예수를 부인하는 베드로. 방금 전 보여준 그 가벼운 발걸음은, 방금 전 선포한 그 굳은 의지는, 바로 다음 순간 물거품이 되어버린다.

〈요한수난곡〉에서는 합창곡 하나로 잠시 숨을 고른 후, 연이어 12번에서 나머지 두번째, 세번째 배반이 계속 극화된다. 해가 지고 날씨가 쌀쌀해서 마당에 둘러서서 불을 쬐던 사람들이 곁에서 시치미를 떼고 서 있는 베드로에게, 이번에는 여러 사람이 한꺼번에 이탈리아 마드리갈풍[74]으로 조롱하듯 같은 질문을 반복하며 던진다. "당신도 저 사람의 제자가 아니오?"(「요한복음」 18:25) 서로 메아리치는 마드리갈의 여운이 채 가시기도 전에, 베드로는 다시 예수를 부인한다. 그러나 그것으로 해결되지 않는다. "베드로한테 귀를 잘린 사람의 친척되는 사람이" 나타나서 세번째로 묻는다. "당신이 동산에서 그와 함께 있는 것을 내가 보았"(18:26)다며, 그래도 부인하겠느냐고 다그친다. 〈요한수난곡〉은 베드로의 세번째 부인을 복음서 기자의 내레이션으로 처리한 후 프랑스풍 서곡의 엇박자로 펼쳐지는 테너 아리아가 "아, 나의 마음이여, 너는 결국 어디로 가버릴 것이냐"라는 가사로 베드로의 죄책감과 번민을 대변한다. 여기에 다시 합창이 이어지며 1부가 마무리된다. 이렇듯 〈요한수난곡〉 1부의 중심 드라마는 베드로가 예수를 부인한 사건이다.

〈마태수난곡〉은 앞서 지적했듯 먼저 베드로의 다짐과 자만심을 부각시켜놓았다. 그리고 2부에서 예수의 얼굴에 침을 뱉고 구타하는 수모와 고초(「마태복음」 26:67-68)를 세세히 보여준다. 베드로는 예수를 "멀찍이" 좇아 "대사제의 관저에까지 가서 일의 결말을 보려고 안으로 들어가"(26:58) 앉아 있다. 거기서 그는 모든 광경을 군중 속에 섞여서 생생히 지켜본다. 아마도 예수가 혹시 기적을 행해서 이들을 제압하길 바랐는지도 모른다. 그러나 그런 일이 벌어지지 않는 것을 보고 말할 수 없는 실망감에 빠져 예수에 대한 믿음을 잃고 극심한 두려움에 시달렸을 법하다. 이에 베드로는 밖으로 나와서 마당에 앉는다. 이때 첫번째 질문 '당신 예수의 제자지?'에 대해, 베드로는 "여러 사람 앞에서"(26:70) 공공연하게 예수를 부인한다. 이것은 하나의 정치적 투항이다. 예수는 힘이 없다. 그런 예수를 내가 더 따라가봤자 무슨 소용이 있겠는가?

그러나 이렇게 공식적으로 예수를 부인한다고 해서 베드로의 정치생명이 보장된 것은 아니다. 그를 쫓아나온 또다른 종이 베드로의 정체를 증언한다. "이 사람은 나자렛의 예수와 함께 다니던 사람이오." 그러자 베드로는 "맹세까지 하면서 '나는 그 사람을 알지 못하오' 하고 다시 부인"(「마태복음」 26:71-72)한다. 만약 예수가 한 '사람'에 불과하다면, 하나의 '운동가'로서 이제 권력자의 손에 붙잡혀 그들의 논리대로 죄를 뒤집어쓰고 벌을 받는 것에 불과하다면, 그런 '사람'을 베드로가 알지 못하는 것이 당연하기도 하다. 베드로는 예수를 메시아이자 하느님의 아들로 믿었던 것 아닌가. "선생님은 살아계신 하느님의 아들 그리스도이십니다"(16:16)라고 고백했던 제자가 바로 베드로였다. 예수를 단순한 인간으로 보고 그의 신성에 대한 신앙까지 버리는 이 두번째 부인은 "맹세"를 동반했으니, 정치적 투항에 덧붙여 하느님까지 부인하는 신학적 차원에서의 죄이기도 하다.

〈마태수난곡〉에서 세번째 부인을 유도하는 질문은 〈요한수난곡〉과 마찬가지로 짧은 마드리갈풍이다. 베드로를 도망갈 틈

없이 포위하는 듯, 여러 목소리가 돌림노래를 부르며 '당신은 진실로 그의 제자요!'라고 외친다. "틀림없이 당신도 그들과 한패요. 당신의 말씨만 들어도 알 수 있소"라는 대사에 대해, 베드로는 "거짓말이라면 천벌이라도 받겠다고 맹세하면서 '나는 그 사람을 알지 못하오' 하고"(26:73-74) 잡아뗀다. 바흐는 이때 'kenne'(알다)에 강세를 두어 이 구절을 표현하므로, 1부에서 'verleugnen'을 강조한 것과 유사하게 '알지 못한다'가 아니라 '안다'는 소리가 더 선명하게 들리도록 한다. 그야말로 베드로의 "말씨만 들어도" 진실을 알 수 있게 표현해놓은 것이다. 이어지는 복음서 기자의 테너 레치타티보는 "바로 그때에 닭이 울었다"(74)는 대사에서 'krähte'(닭이 울다)에 강세를 두어 격앙된 목소리로 선언한 후, 베드로 내면의 뉘우침을 보다 차분한 어조로 따라간다. 그러다가 그가 드디어 "밖으로 나가 몹시 울었다"(75)는 구절에 와서는 'weinte'(사람이 울다)를 길게 이어지는 곡조로 늘려 베드로를 감싸준다.

그런데 베드로는 이 세번째 부인을 하며 "천벌이라도 받겠다고 맹세"까지 했다. 이 욕설 내지는 저주가 바흐가 사용한 마르틴 루터 번역판 독일어 성서에서는 "베드로가 자신을 저주하며"라고 되어 있다.[75] 신학적 차원에서도 죄를 지었을 뿐 아니라 그 죗값인 벌도 스스로 초래한 것이다. 이렇듯 치명적 실언을 한 베드로이건만, 닭 우는 소리를 듣고 예수의 경고가 떠오르자 〔「누가복음」은 "그때에 주께서 몸을 돌려 베드로를 똑바로 바라보셨다"(22:61)라고 한다〕 자신의 잘못을 깨닫고 눈물로 참회한다. 〈마태수난곡〉은 그러한 베드로의 참회를 인정하고 포용한다.

이어지는 아리아는 〈요한수난곡〉에서처럼 번민에 찬 남성의 방황하는 (프랑스풍) 아리아가 아니다. 마치 비발디 협주곡 2악장을 연상시키는 고요한 분위기 속에서, 솔로 바이올린이 리드를 하고 알토가 뒤를 따른다. 게다가 현악 반주 베이스의 세 박자 피치카토[76]는 '뚝, 뚝, 뚝' 떨어지는 눈물을 표현하는 효과를 낸다. 아리아의 멜로디는 굴곡과 변화가 심하지만 베이스 반주는 차분한 세 박자 사라반드sarabande 리듬이다. 약-강-약의 느린 사라반드는 당시 바흐가 일하던 도시인 라이프치히 귀족들이 즐기던 품격 있는 춤곡으로, 박자의 안정감이 특징이다. 사라반드로 일관되게 이어지는 통주저음은 죄책감으로 일그러진 가슴을 위로하고 달랜다.[77] 동시에 베이스와 고음의 대립과 대조는 지극히 바로크적 긴장을 창출하며 선율에 담긴 가사의 진정성을 강조한다. "불쌍히 여기소서, 나의 하느님, 나의 눈물을 보시고!"라는 가사는 베드로의 참회를 대변해준다. 이는 베드로의 번민을 극화한 후 베드로를 충분히 용서하지 않은 채 '나는 그렇게 되지 말게 해주소서'라는 코랄을 바로 붙인 〈요한수난곡〉과는 분명 다른 접근법이다. 〈마태수난곡〉의 바흐는 베드로와 노래하는 '나'를 같은 자리에 놓는다. 내가 베드로요, 곧 베드로가 나인 것이다. 그리고 신학적으로 볼 때 그야말로 '특정범죄 가중처벌'을 받아 마땅한 베드로와 함께 무릎을 꿇고 눈물의 용서를 빈다. 베드로의 울음은 곧 "나의 울음"이니, '나'는 나의 죄를 베드로와 함께 참회하는 것이다.

〈마태수난곡〉 2부 39번 아리아의 첫 가사 "불쌍히 여기소서

Erbarme dich"는 초대교회가 물려준 그리스어 기도문 "키리에 엘레이손kyrie eleison"의 독일어 번역이다. 루터의 종교개혁은 기독교의 '독일화'를 추진했다. 루터는 성서를 독일어로 옮겨 라틴어로부터 독일인을 '해방'시키고, 로마의 종교적·정치적 권위로부터 독립을 꾀했다. 이러한 맥락에서 보면, 베드로는 로마 교회를 상징하는 인물이니, 독일 개신교 교회의 독특한 음악양식인 수난곡이 베드로의 죄를 특별히 강조한 것에는 종교개혁의 정치성이 개입한 면이 있다. 그러나 바흐는 베드로의 참회에 '나'의 입장에서 동참하는 아리아에서, 종교개혁 이전 교회음악을 대변하는 미사 음악의 첫번째 가사 "키리에"의 번역어를 집어넣음으로써 성서 속 베드로 및 베드로가 세운 로마 교회에 대한 거리감을 해소하고자 했을 수도 있다. 사실 독일의 종교개혁은 자생적 합창 전통인 코랄을 발전시켰지만, 음악적으로는 중세 교회음악 전통과 완전히 담을 쌓지는 않았다. 그 덕에 가톨릭 미사곡 형태를 취한 바흐의 〈B단조 미사〉(1724) 같은 명작이 나올 수 있었다. 나는 이 음악의 첫 합창 '키리에 엘레이손'을 들으면 언제나 형언할 수 없는 감동에 전율한다.

바흐의 〈마태수난곡〉에서 이 아리아가 차지하는 위치는 대략 중간지점이다. 수난곡의 구성을 여섯 개의 '행위' 내지는 '장actus'으로 나누는 루터교파 전통에서 이 곡은 세번째, '대제사장Pontifices' 부분의 끝에 나온다. 수난곡을 둘로 가르며 연결하는, 또는 둘로 접는 지점인 셈이다. 유대인들이 예수를 붙잡고 정죄하고 부인하는 '원인'에 해당되는 전반부와 빌라도가 사형을 선고하고 십자가 처형을 집행하는 '결과'에 해당되는 후반부를 연

결하는 곡이 바로 이 참회의 아리아이다.[78]

바흐의 〈마태수난곡〉이 라이프니츠의 '다양성 속의 통합' 개념을 예시한다고 보는 시각도 있으나,[79] 이 작품에서 통합은 선명한 대립과 강렬한 대조 속에서의 통합이지 단순한 다양성의 조화는 아니다. 이탈리아적 요소와 독일적 요소가 맞서고, 합창단과 독주자들이 서로 대항하며, 심지어 같은 합창단이 '예수를 못박으라'고 외치다가 이내 예수의 고초를 슬퍼하는 코랄을 부르기도 하니 역할과 입장이 극에서 극으로 전환된다. 오케스트라 안에서도 통주저음과 고음악기 간 충돌과 경쟁이 전곡에 걸쳐 지속된다. 말하자면 〈마태수난곡〉은 바로크의 정신을 머리에서 발끝까지 구현하고 있다. 또한 개신교 음악가 바흐는 복음서에 기술된 예루살렘이라는 '먼 나라'의 '먼 과거사건'과 지금 현재 '나'의 대조적 연결점을 다양하게 구축해놓았다. '불쌍히 여기소서' 아리아는 베드로의 이야기를 곧장 '나'의 이야기로 전환시킨다. 이 아리아에서 용서를 비는 주체는 옛 문헌에 나오는 역사적 인물 베드로가 아니라 지금 이렇게 탄원하며 노래하는 '나'인 것이다. 이 '나'는 '나는 불완전하다, 고로 존재한다'라는 바로크적 '주체 공식'을 따른다. 곡을 시작하자마자 솔로 바이올린이 한참 앞서 리드하며 나간 후에, 그 뒤를 머뭇거리듯 쫓아가는 알토 목소리에 담긴 '나'의 노래는 바이올린이란 '남'이 없이는 홀로 설 수 없는 불완전한 '나'의 고백이다.[80]

다시 말해 바흐의 아리아는 노년기 렘브란트의 자화상처럼 온갖 '흠'과 약점을 악기들이 보완해주어야만 하는 독창이다. 바흐의 '불쌍히 여기소서'는, 햄릿의 '친구' 중 가장 먼저 소개된

〈마태수난곡〉 2부 39번, '불쌍히 여기소서' 시작 부분.

몬테베르디의 오르페오 아리아의 자족성과는 반대되는 의존성을 정교한 음악으로 구현한다. 그것은 홀로 서지 못하는 '모노디'인 것이다. 또한 오르페오와 달리 바흐의 〈마태수난곡〉 아리아 배역은 이름이 없다. 그 이름 없음은 모든 '나', 참회하는 '나'들이 자신의 가슴과 심정과 영혼을 거기에 담을 수 있도록 열려 있다. '낮은 목소리' 알토의 이름 없는 참회의 아리아는 파스칼이 말한 '낮아짐'의 진리와도 통한다. 알토는 몸을 낮추지만 솔로 바이올린과 점잖은 사라반드 박자로 따라가는 오케스트라가 그녀를 에워싸고 이끌며 위로하고 품어 안는다.

용서와 사랑의 예수 앞에 고개 숙인 무명의 '나'는 복수와 전쟁과 살육의 30년전쟁을 겪은 후 보다 겸허해지고 성숙해진 독일 개신교의 정서를 대변한다. 그러나 이후에도 독일과 유럽, 세계 역사에서 30년전쟁 못지않은 파괴와 약탈과 잔혹함은 끊이지 않았다. 배반의 역사는 개인의 삶에서도 마찬가지로 반복된다. 바로 그렇기에 참회하는 '나'의 눈물과 낮아짐의 지혜가 더욱 절실한 것이다.

에필로그

지금, 여기의 바로크

『햄릿』의 마지막 장면도 이제 끝났다. 무대 바닥에 널린 시체들 위로 막이 내려온다. 잠시 후, 막이 다시 올라가자 시체들은 다시 살아 있는 배우들로 돌아와서 관객 앞에 다가선다. 쏟아지는 갈채 속에 넙죽 인사를 한다. 그러나 그것도 잠시, 이내 무대와 객석 모두 인적이 끊긴 암흑으로 돌아간다. 조명이 꺼진 어둠. 바로크의 어둠. 연극은 끝난다. 끝나지 않을 수 없다. 끝나기 위해 시작하는 것이 연극이다.

'햄릿과 친구들'을 불러냈던 이 책도 이제 막을 내린다. 막이 내리자 지금까지 등장했던 인물들이 한 쌍씩 독자들 앞에 선다. 청년 왕자 햄릿, 탈골된 시대와 어중간하게 맞서다 엉뚱하게 죽이고 죽고 만 비극의 인물. 그의 곁에 천재 음악가 오르페오가 울적한 표정으로 서 있다. 지옥의 마왕까지 감동시킬 줄 알았던 그의 재주는 스스로의 오판에 무색해지고 말았다. 유리디체를 잃은 후 오르페오에게 살아 있는 시간은 그저 혐오스러운 반복일 따름이다.

이어서 몽테뉴와 피프스가 걸어나온다. 자신을 탐구하는 데 많은 시간과 노력을 투자한 두 사람. 그러나 여전히 '나'는 수수께끼로 남아 있다. 그래도 교양미 넘치는 프랑스 귀족 몽테뉴는 자신의 두툼한 책을 자랑스럽게 들고 다닌다. '나'와 내가 읽은 책들, 내 벗 에티엔과 나눈 대화, 내가 살며 깨달은 크고 작은 진실들이 거기에 풍성하게 담겨 있다. 그 『수상록』이 '나'를 대변하니 뿌듯해할 만하다.

반면에 계산속 빠른 영국인 피프스는 뭔가 억울한 기색이다. 자신의 비밀 일기가 후대에 책으로 팔리는 것 자체는 크게 개의치 않지만 인세를 챙길 수 없어 몹시 아쉬운 모양이다. 그가 신봉한 '나는 소유한다, 고로 존재한다'라는 근대문명의 교리는 그의 존재를 담은 일기를 그가 소유하지 못하는 역설에 봉착한다.

이제 데카르트와 파스칼이 등장할 차례이다. 그런데 무대 뒤에서 고성이 오간다. 두 수학자는 치열한 논쟁을 벌이고 있다. "생각하는 나cogito"가 "나는 있다sum"는 결론을 계산해낼 수 있다 해도, 무한대 및 그 너머 절대적 완벽성으로서의 하느님의 존재도 이성의 힘으로 입증할 수 있는지 여부를 두고 둘은 팽팽히 맞선다. 후배 파스칼은 전혀 양보할 의향이 없다. 하느님은 이성으로 만나는 게 아님을 체험한 그이기에.

마침내 무대 앞으로 걸어나온 파스칼은 아무 말 없이 등을 돌려 무릎을 꿇고 하느님께 기도한다. 그 뒤를 따라나온 데카르트는 파스칼의 등에 대고 여전히 뭐라고 중얼거리고 있다. 사유에 기댄 존재는 끝없이 사유를 지속해야 하기에, 논쟁을 멈출 수 없다.

그다음, 화가와 음악가가 나란히 등장한다. 작곡가 겸 지휘자, 파이프 오르간의 귀재, 그야말로 독일 바로크의 '오르페오'인 요한 세바스티안 바흐는 우아하고도 겸손한 표정으로 갈채에 답한다. 마침 배경음악으로 자신의 음악이 흘러나온다. 언제 들어도 새로운 그의 정교한 다성음악은 회한과 권태와 모순과 갈등에 지친 영혼들을 달래준다. 뜨거운 박수는 식을 줄 모르고 계속된다. 바흐는 두 손을 쳐들고 고개를 위로 향한다. 그렇듯 방대한 음악세계를 지어내고도 늘 '모든 영광은 하느님께soli Deo gloria'를 모토로 삼았던 바흐다운 제스처이다.

반면에 렘브란트는 몇 개의 가면을 들고 나온다. 모두 자신의 자화상을 베낀 가면들이다. 어떤 가면, 어떤 자화상을 '쓰고' 객석을 바라볼지 아직 확정을 못했던 모양이다. 하지만 가면을 모두 내려놓은 그의 얼굴에 조명이 내리쬐자, 관객들은 그것이 렘브란트의 모든 자화상이 기묘하게 결합된 작품임을 깨닫는다.

주역들의 인사가 끝나자 조역들이 나올 차례이다. 하지만 다들 이런저런 이유로 무대인사를 사양했다. 간간히 자신의 『실낙원』 대목들을 빌려줬던 밀턴은 눈이 멀어서 불편한 몸이라며 일찍이 집으로 돌아갔다. 아마도 대시인인 자신을 조역 취급한 것에 심기가 불편했던 모양이다. 세르반테스, 아리오스토, 디포는 본인들의 탁월한 작품에서 굳이 전쟁과 관련된 대목들만 빼갔느냐며 심한 불쾌감을 표시했다고 한다. 직간접적으로 수차

례 거론되었던 칼뱅은 애초에 섭외조차 되지 않았다. 자기가 죽은 후 자신을 기념하고 숭배할 것을 어찌나 철저히 경계했던지 그가 설교했던 제네바 생피에르 대성당에는 그가 앉아 있던 빈 의자만 남아 있을 정도이니, 칼뱅이 직접 무대에 출연할 가능성은 애초에 희박했다.

섭외가 안 되기는 셰익스피어도 마찬가지였다. 그는 엄밀히 따지면 조역은 아니지만 본인이 직접 등장한 적은 없으니 주역도 아니다. 그래도 1막부터 4막까지 『햄릿』을 등장하게 해주었으니 인사라도 하려고 알아보기는 했지만 막무가내였다. 그는 자기가 지어낸 배역들만 무대에 내세울 뿐 자신의 얼굴은 절대로 내밀지 않는 극작가로 정평이 나 있다.

하긴 칼뱅이나 셰익스피어는 대중 앞에 잘못 등장했다가는 다음과 같은 온갖 곤혹스런 질문 공세에 시달렸을 수 있다. "그 피비린내 나는 프랑스 종교전쟁과 독일 30년전쟁, 영국 청교도 혁명이 모두 당신 이름과 연관 있다는 점을 어찌 생각하시오, 칼뱅 목사님?" "청교도들이 주도한 마녀사냥 문제는 어떻게 보시나요, 무슈 칼뱅?" "셰익스피어 선생, 댁은 개신교를 지지했나요, 아니면 내심 가톨릭을 옹호했나요?" "당신의 이름과 작품이 영국인이 식민지인들을 주눅들게 하는 데 요긴하게 이용됐다는 사실에 대해 어떻게 생각하시오?"

하지만 이런 질문들이 이 책의 주된 관심사는 아니다. 서구 역사의 '야만성'을 근거로 서구의 정신적 유산 자체를 기소하는 법정에 이 책은 증인이나 참관인으로 설 의향이 없다. '근대'의 폐해를 열거한 후 니체, 마르크스, 프로이트, 파농, 데리다, 푸코,

라캉, 들뢰즈, 지젝 등 '전복'과 '해체'의 성인들 이름을 열거하며 '포스트' 시대의 유희를 권장할 만큼 지금, 여기의 상황이 그렇게 한가하지 않기 때문이다. 대학원 석사과정 때 학문에 입문한 이후 비판과 거부와 전복과 해체의 논자들을 공부하느라 상당한 시간과 정력을 소비하고 이제 나이 오십 줄에 들어선 내가 깨달은 바가 바로 이것이다. 바로크는 지금, 여기의 문제이다.

물론 바로크는 현재가 아닌 과거의 이름이다. 바로크는 과거 서양의 한 시대, 한 국면의 특수한 조건들이 만들어낸 문화, 예술, 사상의 경향과 구조를 지칭한다. 역사는 일회적이다. 역사적 사실은 유일성이 그 특징이다. 그러나 연속성과 유사성도 역사의 속성이라는 점에서 역사는 '반복'한다. 역사가 다르면서도 비슷한 것은 인간성과 인간조건이 변하지 않기 때문이다. 욕망하지 않거나, 사랑을 갈구하지 않거나, 실수하지 않거나, 병마에 시달리지 않거나, 늙지 않거나, 죽지 않는 인간이 없기에, 인간이 꾸미고 저지르는 일도 그 한계 내에서 전개된다. 인간의 욕망과 시도, 도전과 실패가 반복되듯, 역사 또한 반복적이다.

'바로크'적 상황 또한 역사 속에서 반복된다. 지금 이 시대는 인간의 투지와 야망, 욕망, 기교, 기술, 도전, 도발 등 '르네상스'적 업적의 유산을 물려받았지만 동시에 그 폐해와 모순, 잔해와 파괴를 목도하는 '바로크'적 국면을 맞이하고 있다. 근대 문명의 폐해와 재난에 대해 '해체'의 현란함은 대응책이 될 수 없다. 이 책 『바로크와 '나'의 탄생』은 바로크에 태동한 '나'의 기원을 밝혀보자는 계보학적 책이 아니다. 이 책은 바로크가 지금 '나'에게 어떤 의미를 갖는지를 되새기자는 권유이다. 바로크적 상황에서는 언제나 새로운 힘을 심어줄 '지금, 여기'의 목소리들이 이 고전적 '순간'에 담겨 있음을 이 책은 주장한다. 흑과 백, 극과 극의 대립과 괴리, 그 대조의 투박한 충돌을 (파스칼이 비판한) '오락'을 통해 회피하지 않는 용기를 이 책에서 만나본 인물들과 그들의 책·그림·음악이 제시하는 '바로크'의 '순간'들에게서 새롭게 전수받을 필요가 있기 때문이다.

르네상스와 바로크는 서로 변증법적으로 대립하면서도 떼어놓을 수 없는 불가분의 관계를 맺는다. 이는 서유럽 특정 시기, 특정 분야에서뿐 아니라 그 맥락을 벗어난 이후 시대와 바깥 지역에서도 마찬가지다. 바로크 이후 서구 근대의 역사를 요약할 때 등장하는 어휘들, 즉 개인, 진보, 자유, 세속화, 다원화, 이성주의, 과학기술, 자본주의 등은 흔히 '계몽주의'의 로고가 찍힌 명함을 돌린다. '근대성'이란 어색한 말을 쓰는 경우에도 대체로 '계몽주의'를 지칭한다. 이 책 「프롤로그」에서 인용한 글에서 파노프스키는 '근대성'의 근간을 '계몽주의'보다 더 거슬러올라가 '르네상스 문명'으로 규정한다. 그의 설명을 들어보자.

> 르네상스를 인간 역사의 세 개의 주요 단계 중 하나로 이해할 때—나머지 둘은 고전시대와 중세이다—, 그리고 르네상스를…… '하느님보다는 인간과 자연에 더 흥미를 갖게 만든 시기'라고 정의할 때, 이 국면은 16세기 말보다 훨씬 더 오랫동안 지속되었다. 어림잡아 말하자면 괴테가 죽고 최초의 철도와 대규모 공장들을 건설하기 시작할 무렵까지 르네상스는 이어졌다. 왜냐하면 그때 가서야 인간과 자연이 우리 시대에 결정적 요인들로 보이는 반인간적·반자연적 힘

들—대중과 기계의 힘들—에 밀려 덜 흥미로운 대상으로 전락하기 시작하기 때문이다.

파노프스키는 바로크도 이러한 '르네상스 문명'에 포함된다고 본다. 바로크는 '르네상스 문명'의 단계 중에서 유일하게 르네상스의 "내재적 갈등"을 은폐하거나 회피하지 않고 이를 직시하는 가운데 그 모순을 "주관적 에너지"로 전환시켰던 국면이라는 것이다. 이 책에서 추적해본 바로크 시대의 주관성의 양태는 이렇듯 '나'의 시점에서, '나'의 입장에서 르네상스의 유산에 생긴 균열과 갈등을 인지하고 이를 "주관적 에너지"로 변형시키려는 다양한 시도들이다.

파노프스키는 산업혁명과 대중사회의 도래가 끌고들어온 "반인간적·반자연적 힘들", 곧 "대중과 기계의 힘들"은 '르네상스 문명'을 내부적으로 극복하려는 시도가 아니라, 그 자체를 아예 폐기하고자 하는 가공할 도전으로 인식한다. 이 힘들이 공략하는 대상은 "인간과 자연"이다. 그는 '인간'과 '자연' 대신 '대중'과 '기계'가 들어선 문명, 산업혁명에서 20세기로 이어진 문명이 "르네상스의 실질적 종식"을 가져왔다고 본다. 그리고 덧붙이기를, "이것은 동시에 새로운 역사적 단계의 개시이기도 한데, 이 단계는 삶과 예술 양자에 있어서 적절한 표현을 찾느라 분투하는 중이니, 미래 세대가 이것을 명명하고 판단할 것이다. 단, 그것이 모든 다가올 세대의 종말을 야기하지 않는다면."[81] 이 마지막 단서는 그 어떤 때보다 지금 이 순간 무시할 수 없는 가능성으로 떠오르고 있다.

2011년, 이 책을 쓰기 시작하던 해는 일본의 동북 지역 지진과 쓰나미, 후쿠시마 원전 사고로 시작되었다. 우리 시대의 '대중'과 '기계' 분야에서 선두를 달리던 일본의 바로크적 균열을 생생히 증언하는 영상들이 세계인의 눈앞에 던져졌다. 그보다 10년 전인 2001년 9월 11일, 무너져내리는 뉴욕 트윈타워의 모습을 보면서도 미처 깨닫지 못했던 것, 아니 20세기의 야만적 전쟁과 대량학살을 겪으며 분명히 깨달았어야 했던 것을, 이제 우리는 직시하지 않을 수 없게 되었다. 인간이 만든 것은 절대로 완벽할 수 없다. 아무리 그럴듯하게 계획하고 철저히 예측하고 통제하고 관리해도 일순간 파괴될 수 있다는 것이 인간의 손으로 만든 체제, 시설, 도구의 운명이다. 우리는 모두 고개 돌려 유리디체를 보고 만 오르페오이다.

이념 대결의 시대는 가버렸지만 자본주의는 승리하지 않았다. 경제는 지속적으로 무한한 성장곡선을 유지하지 않았다. 2007-2008년 미국발 '서브프라임 모기지 사태'는 '코기토'의 극치인 '금융공학'의 무력함과 기괴함을 만천하에 드러냈다. 또한 은행을 싸고도는 국가 권력은 1퍼센트의 극소수를 위한 것임을 나머지 99퍼센트의 '대중'은 깨닫지 않을 수 없는 처지에 몰렸다. 2012년, 서구문명의 원산지 그리스에서 시작된 금융위기는 스페인과 이탈리아, 프랑스를 거쳐 전 유럽을 뒤흔들며 2차대전 후 서유럽이 누린 세속주의, 쾌락주의, 다원주의의 기반을 와해시킬 조짐을 보이고 있다. 기계문명은 최첨단으로 치닫지만, 선진국을 자처하는 나라들부터 가난한 나라들까지, 다수의 대중은 삶의 진액을 빨아먹는 (비정규직) 임금노동의 손아귀에 붙잡힌 채 죽음으로 매일 다가간다. '대중'에게 첨단 오락거리 '기계'를 쥐어준다고 이들이 처한 근본적인 고통과 권태가 해소될까? 2011년 10월, 귀엽고 신기한 물건을 만들도록 직원들을 닦달했던 애플의 CEO 스티븐 잡스도 파스칼이 말한 "영원의 문을 열어놓은 죽음"의 부름을 받았다. '대중'은 그를 그리워하지만 애플의 물건을 조립하는 중국 하청공장 노동자들은 노예와 같은 노동조건에 신음하며 자살을 꿈꾼다.[82]

파노프스키가 정의한 대로, 바로크는 르네상스의 갈등을 직시하고 극복하고자 한 용기 있는 시도들이다. 그 동력은 "주관적 에너지", 즉 '나'의 역동성에 있다. 이것은 '대중'과 '기계'를 섬기고, 문제와 해결책을 모두 '대중'과 '기계'에서만 찾는 습성이 밴 현대인들로서는 받아들이기 어색한 접근법일 것이다. 그러나 문제는 '나'이다. '나'를 어떻게 정의하고, '나'를 어떻게 다스리고, '나'를 어떻게 이끌 것인가? '채팅'과 '토크'와 트위터의 '재잘거림twitting'은 무성한 소음을 내지만, '나'를 직시하는 자기 성찰, 독백의 용기는 퇴화하고 있다. 그러나 '대중' 속의 '나'와 '기계'를 소유한 '나'가 아닌, 존재로서 '나', 죽음의 영원성을 직시하는 '나'를 회복하지 않는 한, 야만의 힘을 이길 단서는 찾기 어렵다. 바로크 시대 '나'의 에너지는 '나' 홀로 만들어낸 것이 아니다. 바로크적인 '나'는 '나'와 동시에 절대자 하느님을 의식했다. '나'는 초월자와의 수직적 관계 속에서 수평적 관계의 난제들에 접근했던 것이다. 존재와 죽음, 구원과 영원의 문제들은 인간과 인간 간 재잘거림과 수군거림으로 해결할 수 있는 문제들이 아니다. 그렇기에 몽테뉴는 군중을 등지고 서재로 돌아왔고, 데카르트와 파스칼, 렘브란트, 바흐는 절대자 앞에 '나'를 세워놓았다. 이들이 아둔한 사람들인가? 이 17세기 거장들보다 뛰어난 인간들이 후대에 얼마나 나왔던가? '나'의 죽음과 구원의 문제를 회피하고 배제하려는 다양한 시도만을 서구 '근대사상'의 주력으로 받아들일 때, 또한 그러한 '근대사상'을 비판·전복·해체·대체했다는 '현대사상'들에 의지해서, 과연 지금 이 순간 우리를 압도하고 위협하는 '대중'과 '기계'에 의한 '인간'과 '자연' 파괴에 대응할 수 있을까?

서양의 미술사, 사상사, 문학사, 종교사 등 문화적 유산을 탐구하는 일과, 지금 현재 서구의 모습을 탐색하는 일은 동시에 진행되어야 한다. '언제까지 유지될까?' 유럽을 여행하거나 유럽에 체류할 때마다 늘 내 뇌리에 맴도는 질문이다. 서구문명을 받아들이되 서구의 '영혼'은 빼놓고 '몸'만 갖다 써온 근대 동아시아의 모험도 한계에 봉착하긴 마찬가지다. 2011년, 쓰나미와 후쿠시마 원전 사태는 서구의 혼은 빼고 '재주'만 따오자는 일본식 '화혼양재和魂洋才' 문명에 치명적인 칼자국을 남겼다. 깔보던 '왜'의 위세에 놀라서 동양의 '도'는 지키되 서양의 기술과 도구는 받아들이는 '동도서기東道西器'를 도모하던 조선은 서양의 도구를 제대로 갖다 사용해보기도 전에 패망했다. 오늘날 대한민국은, 부정하고 싶거나 거북하게 여기는 이들이 적지 않겠으나, 결코 '동도서기'의 모범이 아니다. 기독교가 동아시아에서 가장 성공적으로 확산된 것도 한 요인이지만, 비단 종교가 아니더라도 학문, 제도, 복식, 심지어 우리가 자랑하는 '한류' 대중음악까지 '서도西道'에 경도되어 있지 않은가. '동도東道'가

우리를 구원할 것인가? 아니면 '동도'도 존중하되 '서도'를 그 뿌리부터 가지까지 철저히 탐구할 일인가?

지금 여기, 대한민국의 현실도 일본이나 그리스나 미국 못지않게 급박하다. '인간'과 '자연'은 파괴의 힘 앞에서 신음하고 있으나, '대중'과 '기계'가 더이상 우리를 '발전'과 '성장'으로 이끌지 못한다. 금수강산을 토목공사로 짓이기는 데 국력을 허비하며, 독주와 독설과 성매매와 염가노동 착취에 중독되어 있는 나라, 'IT 강국'의 고속통신망이 인간성 파괴의 고속도로 역할을 하는 나라, 2012년에는 급기야 초등학생까지 투신자살을 한 세계 최고의 자살문화, 세계 상위권 이혼율과 최상위권에 근접하는 성매매와 성추행 기록이 자랑인 대한민국. 대한민국은 이미 야만의 세계화에 적극 문호를 개방했을뿐더러, 공부 때문에 아들이 어머니를 죽이는 독특한 한국적 야만을 곁들이니, '동도서기'의 악마적 배합이 우리의 자랑이 된 지금, 여기.

바로크와 '나'의 관계를 다시 둘러보는 일은 한가한 소일거리일 수 없다. 그것은 지금 우리의 난제들과 씨름할 '친구'들을 만나고 도움을 얻는 일이다. 햄릿의 친구들이 우리의 친구이자 우군이 되길 바라며 이 책을 맺는다.

바로크 시대 연대표

	사건	작품
1517	마르틴 루터의 95개 테제 발표. 종교개혁의 시작.	
1521	카를 5세 신성로마제국 황제 등극, 교황과 연대하여 루터를 적대시함.	
1522	루터의 독일어 신약성서 번역본 출간.	
1532		아리오스토, 『분노하는 오를란도』
1535	영국 왕 헨리 8세, 로마 교회로부터 분리 선언.	
1541	장 칼뱅, 프랑스 탈출 후 제네바를 거점으로 종교개혁 지휘.	
1559		칼뱅, 『기독교 강요』
1562	칼뱅파와 가톨릭파 간의 프랑스 종교전쟁 발발.	
1563	트리엔트 공의회 종결. 교회의 전통과 권위 수호, 부분적인 개혁만 수용.	
1568	네덜란드 개신교도들의 반란, 스페인으로부터 독립을 주장.	
1572	파리를 비롯한 프랑스 전역에서 개신교도들이 무참히 학살당함.	
1580		몽테뉴, 『수상록』
1594	개신교도였던 앙리 드 부르봉이 가톨릭으로 개종, 프랑스 왕 앙리 4세로 즉위.	
1600		셰익스피어, 『햄릿』
1605		세르반테스, 『돈키호테』 1부
1607	미국의 첫 영국인 정착지 제임스타운 출범.	몬테베르디, 〈오르페오〉 초연

1610	앙리 4세 암살. 프랑스 개신교도들의 입지가 더욱 좁아짐.	
1611	이전 영어 성서 번역을 통합, 공식 흠정역 성경King James Bible 출간.	
1612	네덜란드인들, 맨해튼 섬에 정착. 그곳을 '뉴암스테르담'으로 명명.	
1618	프라하에서 가톨릭 황제에 대한 개신교도들의 반발을 계기로 '30년전쟁' 발발.	
1619	미국 버지니아에 처음으로 아프리카 노예들이 끌려옴.	
1620	영국 청교도들, 매사추세츠 상륙.	
1630	개신교도인 스웨덴 왕 30년전쟁에 참전, 북부 독일 침공.	
1632	갈릴레오, 지동설로 로마 종교재판소에 기소당함.	
1635		렘브란트, 〈벨사살의 잔치〉
1636	가톨릭인 프랑스 왕, 신성로마제국에 대항하여 30년전쟁에 참전.	
1641		데카르트, 『성찰』
1642	영국 왕 찰스 1세와 청교도들이 주도하는 의회파 간 내전상태에 돌입.	
1648	30년전쟁 종식, 독일어권 지역에 개신교와 가톨릭이 병존.	
1649	찰스 1세를 물리친 의회파, 국왕을 처형. 올리버 크롬웰의 부상.	
1653	크롬웰 독재체제로 전환. 영국과 네덜란드 간 해상무역권을 둘러싼 전쟁 발발.	
1660	영국 왕정복고, 프랑스 망명중이던 찰스 2세 영국으로 복귀.	피프스, 『일기』(1660-1669)
1665	런던에 전염병이 퍼져 수만 명이 사망함. 영국과 네덜란드 간 전쟁 끝에 영국이 '뉴암스테르담'을 할양받아 '뉴욕'으로 개명.	
1666	런던 대화재. 중세 런던의 모습이 사라지고 '근대' 런던으로 재개발되는 계기.	
1667		밀턴, 『실낙원』
1669		파스칼, 『팡세』
1688	영국 의회, 가톨릭교도 제임스 2세를 몰아내고 새 왕을 데려옴.	
1688	영국 권리장전과 관용법. 근대적인 언론과 사상의 자유를 보장함.	
1694	영국 중앙은행 설립, 국채 발행 및 운영을 책임짐.	
1719		디포, 『로빈슨 크루소』
1727		바흐, 〈마태수난곡〉

주

1 William Caferro, *Contesting the Renaissance*, Chichester, Wiley-Blackwell, 2011, 2-4쪽.

2 Stephen Greenblatt, *Renaissance Self-Fashioning: From More to Shakespeare*, Chicago, University of Chicago Press, 1980, 6쪽.

3 John Jeffries Martin, *Myths of Renaissance Individualism*, Basingstoke, Palgrave Macmillan, 2004, 112; Richard van Dülmen, "The Reformation and the Modern Age," *The German Reformation: The Essential Readings*, ed. C. Scott Dixon, Oxford, Blackwell, 1999, 200-203쪽.

4 Anthony Levi, *Renaissance and Reformation: The Intellectual Genesis*, New Haven, Yale University Press, 2002, 260-264쪽.

5 Harry Reid, *Reformation: The Dangerous Birth of the Modern World*, Edinburgh, Saint Andrew Press, 2009, 48-49쪽.

6 Erwin Panofsky, "What Is Baroque?", *Three Essays on Style*, ed. Irving Lavin, MIT Press, 1995, 36-38, 67쪽.

7 Erwin Panofsky, 같은 글, 88, 84쪽.

8 Walter Benjamin, *The Origin of German Tragic Drama*, trans. John Osborne, London, NLB, 1977, 79쪽.

9 Walter Benjamin, 같은 책, 138-139쪽.

10 John Rupert Martin, *Baroque*, London, Penguin, 1977, 12, 119쪽.

11 Gilles Deleuze, *The Fold: Leibniz and the Baroque*, trans. Tom Conley, London, Athlone, 1993, 33-34쪽.

12 『햄릿』 인용시 숫자는 각각 막, 장, 행('1.1.1'은 1막 1장 1행)을 나타내며, 막과 장이 분명한 경우에는 행만 표시한다. 출처는 William Shakespeare, *Hamlet, Prince of Denmark*. ed. Philip Edwards, Cambridge, Cambridge University Press, 1985. 『햄릿』을 비롯한 이 책 안의 모든 인용문은 필자의 번역이다.

13 몽테뉴 글의 출처는 Montaignes, *Les Essais*, ed. Pierre Villey, Paris, Presses Universitaires de France, 1965. 숫자는 권과 쪽을 나타낸다.

14 Claude V. Palisca, "The Artusi-Monteverdi Controversy," *The New Monteverdi Companion*, ed. Denis Arnold and Nigel Fortune, London, Faber, 1985, 154쪽.

15 Ian Fenlon, "The Mantuan Stage Works," *The New Monteverdi Companion*, 259쪽; Leopold Silke, *Monteverdi: Music in Transition*, trans. Anne Smith, Oxford, Clarendon, 1991, 50-51쪽.

16 Tim Carter, "Musical Sources," *The Cambridge Companion to Monteverdi*, ed. John Whenham and Richard Wistreich, Cambridge, Cambridge University Press, 2007, 21-23쪽.

17 Roger Bowers, "Monteverdi at Mantua, 1590-1612," *The Cambridge Companion to Monteverdi*, 72쪽.

18 원문 출처는 Claudio Monteverdi, *L'Orfeo: favola in musica*, Kassel, Bärenreiter-Verlag Karl Votterle, 1998.

19 원문은 "ne deficeret, metuens avidusque videndi", 출처는 http://www.thelatinlibrary.com/ovid/ovid.met10.shtml.

20 원문 출처는 John Milton, *Complete Poems and Major Prose*, ed. Merritt Y. Hughes, New York, Macmillan, 1957.

21 Stephen Gaukroger, *Descartes: An Intellectual Biography*, Oxford,

Clarendon, 1995, 332-333쪽.

22 라틴어 원문은 "non rebus agendis, sed cognoscendis". 인용 번역 출처는 영역본, René Descartes, *Meditations on First Philosophy: With Selections from the Objections and Replies*, ed. John Cottingham, Cambridge, Cambridge University Press, 1996. 숫자는 순서대로 장, 절, 쪽을 나타낸다. 라틴어 원문의 출처는 http://www.wright.edu/cola/descartes/medl.html.

23 Geneviève Rodis-Lewis, *Descartes: His Life and Thoughts*, trans. Jane Marie Todd, Ithaca, Cornell University Press, 1995, 129-130쪽; Stephen Gaukroger, 같은 책, 336쪽.

24 출처는 Calvin, [Jean], *Institutes of the Christian Religion*, ed. John T. McNeill, trans. Ford Lewis Battles, Louisville, Westminster John Knox Press, 1960. 숫자는 장, 절, 쪽을 나타낸다.

25 이 책의 성서 인용은 가독성을 고려해서 '공동번역'판을 기준으로 삼았다. 출처는 '다국어성경HolyBible', http://www.holybible.or.kr.

26 Gary Hatfield, *Descartes and the "Meditations"*, London, Routledge, 2003, 318쪽.

27 어두운 배경과 빛을 받는 대상을 대조시키는 기법으로, 카라바조 이후의 바로크 화가들은 이 기법을 동원해 어둠과 빛의 극적이고 역동적인 충돌을 강조했다.

28 David Cunning, *Argument and Persuasion in Descartes "Meditations"*, Oxford University Press, 2010, 28쪽.

29 James J. Supple, *Arms Versus Letters: The Military and Literary Ideals in the 'Essais' of Montaigne*, Oxford, Clarendon, 1984, 82쪽.

30 프랑스 종교전쟁에 대한 이하의 기술은 Mack P. Holt, *The French Wars of Religion, 1562-1629*, Cambridge, Cambridge University Press, 2005 참조.

31 Dalia Judovitz, *Subjectivity and Representation in Descartes: The Origins of Modernity*, Cambridge, Cambridge University Press, 1988,

25쪽.

32 출처는 주 13 참조.

33 Jean Starobinski, *Montaigne in Motion*, trans. Arthur Goldhammer, Chicago, University of Chicago Press, 1985, 26–27쪽; Ermanno Bencivenga, *The Discipline of Subjectivity: An Essay on Montaigne*, Princeton, Princeton University Press, 1990, 12쪽.

34 Christophe Bourgeois, *Théologies poétiques de l'âge baroque: La Muse chrétienne (1570–1630)*, Paris: Honoré Champion, 2006, 715–716쪽.

35 출처는 *The Diary of Samuel Pepys*, ed. Robert Latham and William Matthews, 11 vols, London, HarperCollins, 1995. 피프스 일기 인용은 해당 날짜로 구분한다. 이하 피프스에 대한 논의는 졸저 *Metropolis and Experience: Defoe, Dickens, Joyce*, Newcastle, Cambridge Scholars Publishing, 2012, 23, 25, 27–33쪽과 일부 겹친다.

36 John Evelyn, *Diary of John Evelyn*, ed. William Bray, vol. 3, London, Bickers and Son, 1905, 165쪽.

37 Robert Latham, *The Diary of Samuel Pepys*, Vol. 10: Companion, London, HarperCollins, 1995, 293쪽.

38 John Bunyan, *Grace Abounding with Other Spiritual Autobiographies*, ed. John Stachniewski and Anita Pacheco, Oxford, Oxford University Press, 1998, 39쪽.

39 Stephen Greenblatt, *Hamlet in Purgatory*, Princeton, Princeton University Press, 2001, 240–261쪽; Anthony Low, *Aspects of Subjectivity: Society and Individuality from the Middle Ages to Shakespeare and Milton*, Pittsburgh, Duquesne University Press, 2003, 123–128쪽; Mark S. Sweetnam, "Hamlet and the Reformation of the Eucharist," *Literature & Theology 21* (March 2007), 11–28쪽; Edward T. Oakes, "Hamlet and the Reformation: The Prince of Denmark as 'Young Man Luther'," *Logos: A Journal of Catholic*

Thought and Culture 13 (2010 Winter), 53-78쪽 등 참조. 일찍이 발터 벤야민도 햄릿과 루터의 연관성을 지적한 바 있다.(Benjamin, 같은 책, 138-139쪽)

40 비텐베르크 대학은 1502년 작센의 프리드리히 공이 자신의 궁이 있던 이 작은 소도시에 세운 대학으로, 순전히 루터 덕분에 유명해졌다. 루터는 이곳에서 박사학위를 받고 성서 교수lectura in biblia 직을 얻었다. 비텐베르크 대학은 규모나 수준에서 프라이부르크 대학이나 바젤 대학 등 15세기 중반에 세워진 독일어권 유명대학들에 견줄 수 없었다. Anthony Levi, *Renaissance and Reformation: The Intellectual Genesis*, 271쪽; Hans J. Hillerbrand, *The Division of Christendom: Christianity in the Sixteenth Century*, Louisville, Westminster John Knox Press, 2007, 31, 92쪽 참조.

41 Hillerbrand, 같은 책, 92쪽.

42 Laura Cumming, *A Face to the World: On Self-Portraits*, London, HarperPress, 2009, 63쪽.

43 Gary Schwartz, *Rembrandt's Universe: His Art, His Life, His World*, London, Thames & Hudson, 2006, 44쪽.

44 William H. Halewood, *Six Subjects of Reformation Art: A Preface to Rembrandt*, Toronto, University of Toronto Press, 1982, 19, 124쪽.

45 John O'Neill, *Essaying Montaigne: A Study of the Renaissance Institution of Writing and Reading*, Liverpool, Liverpool University Press, 2001, 144-145쪽.

46 Pascal Bonafoux, *Rembrandt: Self-Portrait*, London, Weidenfeld and Nicolson, 1985, 90쪽.

47 Ernst van de Wetering. "The Multiple Functions of Rembrandt's Self Portraits," *Rembrandt by Himself*, ed. Christopher White and Quentin Buvelot, London, National Gallery Publications; Hague, Royal Cabinet of Paintings Mauritshuis, 1999, 17-21쪽.

48 Ernst van de Wetering, 같은 글, 11-13쪽; Laura Cumming, 같은 책,

139쪽.

49 Ben Rogers, "Pascal's Life and Times," *The Cambridge Companion to Pascal*, ed. Nicholas Hammond, Cambridge, Cambridge University Press, 2003, 14쪽.

50 Francis X. J. Coleman, *Neither Angel nor Beast: The Life and Work of Blaise Pascal*, New York, Routledge & Kegan Paul, 1986, 58–59쪽.

51 파스칼의 『팡세』 인용 출처는 Blaise Pascal, *Pensées*, ed. Léon Brunschvicg, Paris, Librairie Générale Française, 1972. 숫자는 해당 명상의 번호와 이 판본 쪽수를 나타낸다.('72.26'는 '72번 명상, 26쪽')

52 Hugh M. Davidson, *Pascal and the Arts of the Mind*, Cambridge, Cambridge University Press, 1993, 168–169쪽.

53 Buford Norman, *Portraits of Thought: Knowledge, Methods, and Styles in Pascal*, Columbus, Ohio State University Press, 1988, 129쪽.

54 Nicholas Hammond, *Playing with Truth: Language and the Human Condition in Pascal's "Pensées"*, Oxford, Clarendon, 1994, 113쪽.

55 Sara E. Melzer, *Discourses of the Fall: A Study of Pascal's "Pensées"*, Berkeley, University of California Press, 1986, 106–107쪽.

56 이하 통계의 출처는 http://necrometrics.com/pre1700a.htm.

57 통계 출처는 http://www.civilwarhome.com/casualties.htm.

58 Orlando Figes, *Crimea: The Last Crusade*, London, Penguin, 2011, xix.

59 Frank Tallett, *War and Society in Early-Modern Europe, 1495–1715*, London, Routledge, 1992, 21–31쪽.

60 이하의 논의는 졸고 「A Farewell to Arms: Classical Precedents in Early Modern England」, 『영미연구』 17 (2007): 123–131쪽과 일부 겹친다.

61 원문 출처는 다음을 참조. *Orlando furioso*, II Edizione IntraText CT, http://www.intratext.com/IXT/ITA0041.

62 이것도 정통 교리에 위배될 소지가 있다. 성자보다 사탄이 더 '나이 많음'을 전제로 한 이러한 설화는 "아버지와 하나이신" 성자를 통해 "만물이 창

조되었다"는 「니케아신경」에 어긋난다.

63 Giorgio Vasari, "Proemio delle Vite," *Le Vite de' più eccellenti architetti, pittori, et scultori Italiani*. http://bepi1949.altervista.org/vasari/vasari10.htm.

64 『실낙원』 인용 출처는 주 20 참조.

65 J. F. C. Fuller, *A Military History of the Western World: From the Defeat of the Spanish Armada, 1588 to the Battle of Waterloo, 1815*, New York, Funk & Wagnalls, 1955, 97쪽.

66 인용 출처는 영역본, Miguel de Cervantes, *Don Quixote de la Mancha*, trans. Charles Jarvis, ed. E. C. Riley, Oxford, Oxford University Press, 1992.

67 Frank Tallett, 같은 책, 22-24쪽.

68 대니얼 디포, 『로빈슨 크루소』, 윤혜준 옮김, 을유문화사, 2008, 290-291쪽.

69 오페라와 오라토리오는 둘 다 극적인 연기자의 입장에서 부르는 아리아(가사의 반복이 허용되고 음악적으로 정교하다)와 레치타티보(가사가 반복 없이 대사처럼 이어지고 음악적으로 단순하다)가 교차되는 구도이지만, 전자는 가수가 연극배우처럼 행동을 취하지만 후자는 가만히 서서 노래만 부른다는 점이 다르다.

70 Philipp Spitta, *Johann Sebastian Bach: His Work and Influence on the Music of Germany, 1685-1750*, trans. Clara Bell and J. A. Fuller-Maitland, vol. 2, New York, Dover, 1951, 478-479, 487-490, 504, 567쪽. 교회 수난곡 음악이 너무 극적 효과를 추구한다며, 한 노부인이 "이게 이탈리아 오페라야 뭐야? 우리 아이들의 미래가 참 걱정이구나"라고 한 말이 전해지고 있으나, 이것은 꼭 바흐 음악에 대한 불평은 아니라고 한다. Christian Gerber, "On Large-scale Passion Music" (1732), *The New Bach Reader: A Life of Johann Sebastian Bach in Letters and Documents*, ed. Hans T. David and Arthur Mendel. rev. Christoph Wolff, New York, Norton, 1998, 327쪽.

71 예수는 베드로에게 "너는 베드로이다. 내가 이 반석 위에 내 교회를 세울"

것이라고 말한다.(「마태복음」 16:18)

72 「마태수난곡」 대본은 Michael Marissen, *Bach's Oratorios—the Parallel German-English Texts with Annotations*, Oxford, Oxford University Press, 2008 참조.

73 다카포da capo 아리아는 바로크 시대에 많이 쓰인 '반복형식'의 아리아로, 주제를 담은 음악과 가사(A)가 이와 대조되는 중간부분(B)을 거쳐서 다시 반복되는 'A-B-A' 형태로 구성된다.

74 몬테베르디 등이 발전시킨 마드리갈madrigal은 똑같은 주제와 가사를 여러 사람이 이어받는 돌림노래 형식을 즐겨 사용했다.

75 원문은 이렇다. "an sich zu verfluchen", BibleDatabase, http://www.bibledbdata.org/onlinebibles/german_l/40_026.htm.

76 바이올린 등의 현악기를 활로 켜지 않고 손으로 '뜯는' 기법.

77 Michael Marissen, *Lutheranism, Anti-Judaism, and Bach's "St. John Passion"*, New York, Oxford University Press, 1998, 17쪽.

78 Don O. Franklin, "The Role of the 'Actus Structure' in the Libretto of J. S. Bach's Matthew Passion," *Music and Theology: Essays in Honor of Robin A. Leaver*, ed. Daniel Zager, Lanham, Scarecrow Press, 2007, 121, 127쪽.

79 Ulrich Leisinger. "Forms and Functions of the Choral Movements in J. S. Bach's St. Matthew Passion." *Bach Studies 2*, ed. Daniel R. Melamed, Cambridge, Cambridge University Press, 1995, 81-83쪽.

80 John Butt, *Bach's Dialogue with Modernity: Perspectives on the Passions*, Cambridge, Cambridge University Press, 2010, 79-80쪽.

81 Panofsky, 같은 글, 88쪽.

82 http://labornotes.org/blogs/2010/06/suicides-apple-factory-china-rock-sweatshop-supply-system.

위대한 순간 001
바로크와 '나'의 탄생
—햄릿과 친구들

초판 1쇄 인쇄 2013년 2월 18일
초판 1쇄 발행 2013년 2월 28일

지은이 —— 윤혜준
펴낸이 —— 강병선

책임편집 —— 김영옥
편 집 —— 이정옥 송지선 허정은 고원효
디자인 —— 장원석
저작권 —— 한문숙 박혜연 김지영
마케팅 —— 신정민 서유경 정소영 강병주
온라인 마케팅 —— 김희숙 김상만 이원주 한수진
제 작 —— 서동관 김애진 임현식
제작처 —— 한영문화사

펴낸곳 —— (주)문학동네
1993년 10월 22일 제406-2003-000045호
주소 · 413-756 경기도 파주시 문발동 파주출판도시 513-8
전자우편 · editor@munhak.com
대표전화 · 031)955-8888 팩스 · 031)955-8855
문의전화 · 031)955-8890(마케팅), 031)955-1905(편집)
문학동네 카페 · http://cafe.naver.com/mhdn

ISBN 978-89-546-2063-5 03800

이 도서의 국립중앙도서관 출판시도서목록(CIP)은 e-CIP홈페이지(http://www.nl.go.kr/ecip)와
국가자료공동목록시스템(http://www.nl.go.kr/kolisnet)에서 이용하실 수 있습니다.
(CIP 제어번호 : CIP2013000784)

www.munhak.com